张承志
世界与我
散文

zhang cheng zhi

张承志

文汇出版社

图书在版编目(CIP)数据

张承志世界与我散文/张承志著. —上海：文汇
出版社，2017.10
（文汇. 金散文）
ISBN 978 - 7 - 5496 - 2219 - 1

Ⅰ.①张⋯　Ⅱ.①张⋯　Ⅲ.①散文集－中国－当代
Ⅳ.①I267

中国版本图书馆 CIP 数据核字(2017)第 162483 号

- -

·主　　编：陈先法　杨海蒂
·本册选编：杨海蒂

"文汇·金散文"第一辑

张承志世界与我散文

- -

出 版 人：桂国强
作　　者：张承志
责任编辑：徐曙蕾
装帧设计：Q_Design

- -

出版发行：**文匯**出版社
　　　　　上海市威海路 755 号　邮政编码：200041
经　　销：全国新华书店
印刷装订：江苏启东市人民印刷有限公司

- -

版　　次：2017 年 10 月第 1 版
印　　次：2017 年 10 月第 1 次印刷
开　　本：890×1240　1/32
字　　数：160 千
印　　张：8.625

- -

ISBN：978 - 7 - 5496 - 2219 - 1
定　　价：35.00 元

- -

张承志世界与我散文

目 录
Contents

第一辑

二十八年的额吉

额吉去世的消息，是偶然听到的。我们去找一个来北京看病的牧民，找到昌平农村的一家小旅馆。问好笑闹着，我顺口问候额吉，可是话出口时，我把"额吉她好么"问成了"她还在么"，话出口时我觉得自己脸色变了。在他谨慎地讲出来以前，第一眼看见他的神情，我就明白了。像一口气被突然憋住了一样，直至午夜回到家里。

在桌旁坐下，心里空空的。去年冬天我居然毫无感觉。窗外洞黑，一股难忍的愤怒席卷了我。我望着黑夜，遥远的草原猛地逼近眼前。我不能再耽误，我已经使她失望。像又被抽去了一根骨头，单薄的感觉那么清晰。

十几天后，我到达了乌珠穆沁。

绿海般的大草原依旧荡漾起伏。像是抚慰，二十八年，我凝视着想道。这个数字也叫人吃惊，已是与她结识的第二十八个年头。

就这样，不可思议地心又倾斜了回来。次年夏天，我带着孩子，又千里迢迢奔赴那座拥挤的破毡包，住了一阵。嫂子抢在前面，挡住了我的教法。她要求孩子喊她"额吉"。一时我有异样的感觉：在我的失了准头的眼里，嫂子永远只是额吉的儿媳，也永远只是个少妇。

这些年岁月轮回得飞快，转眼一年，又是一年，二十八年在眨眼工夫里变成了三十年。我不仅应该承认嫂子的意识，而且必须承认算术：我已经和当年的额吉同龄。那么还要追忆么，在这无情的时代，在这干旱的旧日营盘？

一

我好像写过，我写你写得手都酸了心都累了；我好像狂妄地说过，我要把额吉这个词输进汉语。但是我并没有听到过你的回答。相反，我却不止一次地听到过一种追问，它在问出之前已经带着挑衅的怀疑。它没有从我的笔下读出照例该有的刺激，没有发现应该丑恶的现实。我则经常勃然大怒，记不清多少次驱逐过来客，多少次出口伤人。是我写得太甜么，是我在我的草原写作中美化么，我不愿纠缠学术的或敌意的追问。因为缠绕我的是一个更潜在的问题，关于发言者资格的问题，关于文化的声音和主人的问题。

追问是一种不好的毛病，由于它的轻佻。

不必回顾早期那些中学生作文了，至少从《黑骏马》的写作开始，我警觉到自己的纸笔之外，还存在着一种严峻的禁忌。我不是蒙古人，这是一个血统的缘起。我是一个被蒙古游牧文明改造了的人，这是一个力量的缘起。在那时，人们都还只是用四百字或五百字的稿纸的时候，我就总是一边写着一边看见她——那个乌珠穆沁老妇的沉默形象。我早写过，我家额吉是位饱经沧桑的女性，她一生对外界缄默着，我继承了她对这可怕世间的不信任。

笔虽然年轻却撞上了巨大的命题。我虽然一气写去，心里却咀嚼着带回城里的那沉默形象。喊她额吉，是风俗也是历史，但更是浪漫和愿望。我和艾洛华哥毕竟不一样，这使人多少伤感，但它是事实。

从来文化之中就有一种闯入者。这种人会向两极分化。一些或者严谨地或者狂妄地以代言人自居；他们解释着概括着，要不就吮吸着榨取着沉默的文明乳房，在发达的外界功成名就。

另一种人大多不为世间知晓，他们大都皈依了或者遵从了沉默的法则。他们在爱得至深的同时也尝到了浓烈的苦味。不仅在双语的边界上，他们在分裂的立场上痛苦。

血统就是发言权么？即便有了血统就可以无忌地发言么？

我们即便不是闯入者，也是被掷入者；是被六十年代的时代狂潮，卷裹掷抛到千里草原的一群青少年。至于我则早在插队一年以前，就闯入到阿巴哈纳尔旗，品尝过异域的美味。额吉和我的关系并非偶然形成。但我毕竟不是她的亲生儿子，我不愿僭越。

那时流畅地写着，而心里却时轻时重地抱着这个矛盾。人群和人群，社会和社会，早有更基本的交流，不过有时天然，有时残酷。牧民，追逐水草放牧五畜的人，过去只是对彼岸的茶叶、绸缎，今天是风力发电机和廉价吉普车感兴趣。他们说过要和这隔膜的世界做细微的交流么，用异样的语言，用制作的文学？

额吉一生的遭遇，已经被我在心里完成了一个勾勒。旧时代的那一部分，我至今在体味和探究。新社会的半部，我曾与她若即若离地分担承受。她如一棵草，是个自然的女人，前半生饱尝的都是家庭不幸，生存和养育的艰难；后半生承受的多是政治的胁迫，不过是没有太悲惨，厄运和幸运夹杂。

我确信突破了一个无形界限的人，同时可能突破血统的隔膜。但是，你难道跨越了关口？你具备代她发言的资格吗？

我不知道。尽管写了半生，我并没有找到结论。审判要你来做出，额吉。我只是约束了文章也约束了自己。我只是感到：代言的方式，永远是危险的。听见对我的草原小说的过分夸奖时，我的心头常掠过不安，我害怕——我加入的是一种漫长的侵略和压迫。

青草浓密。这里是我放牧的第一个营盘，位于乔布格盆地一片草原的西北角。如今已经不再是合作化时代，瞧，连我的文字都把地理范围缩小到自家牧场。我已经觉得汗乌拉草原的概念太宽阔，开口闭口总是自家的草场。巧合的是，分草场时我家得到的乔布格，是1968年秋天我住进牧民家庭的，我的第一个营地。记忆阵阵醒来。右手是奥由特，左边是乌兰陶勒盖，当中有清澈的水井，和一条狭窄的硝土碱草。一切都和与你相逢的那年一样。

额吉，如今我形单影只，独自立马站在这里。我看见你的灵魂徘徊飘荡，在乔布格，在你曾经望着我上马下马的旧营盘上。

二

传话的人说，她死在冬天。那个冬天我在云南的村寨里。那两年我总是在夏季去北方，入冬则一意惦着南国。六盘路上满是路障，我在它的周边绕来绕去，伺机一头闯入。我冷冷在外围转着，这个外围，几乎有半个中国之大。连年在云南，有冬日明丽的太阳，有丰富的百拉提月份的生活。我已经沉吟着，狠狠地凝视着那座瘦窄的大山好几年了，我确实忘记了极北草地的隆冬，忘记了燃料、白毛风、畜群和枯草；也忘记了我的蒙古母亲。

我不知是否该责备自己：偏偏在那个冬天里我没有想到她。可是，即便得到了消息，我能在冰天雪地的冬天，找到御寒的皮袍、穿越雪封的坝上、熬过零下三十多度的夜路，到达乌珠穆沁并且抵达我们的冬窝子么？

现在我才来，确实更多是为了自己。我有那么多的话堵噎在心，不倾倒干净我会病倒。额吉，我要到你的荫下休息和医治。

时代使得语言呈现得奇特。我向额吉和艾洛华哥的求学，大致限定在纯粹游牧的生活方式之内。口语,偏狭而急速地发育着,只向着游牧生活的范畴倾斜。一方面,我和牧民们之间已经细致入微地谈论草场、膘情、春雪和冬雪,谈论成千的羊群和单独的一只羊羔,更谈及社会的各支血系和家族、某人的底细以至秘事;但是我没有学会一个考古、证券,哪怕关于楼房的词儿。

现在流行的词是"话语、语境"。在当年的额吉与我之间,不仅一切交流都在最严峻的语境下进行,而且,也许我们使用的也是一套非常微妙的话语。我们夜夜的漫声细语并非全无忌讳;它们既在政治威胁的限制之下,又在古老禁忌的规矩之中。它是相当全面的蒙古语,但又没有金融宗教物理摩登,好像根本就不存在那些语目。今天我半学究地发现:语言其实可以在基本语汇里发达。在前六十年代的草原,除了强加于草原的开会、语录、批修之外,朴素的基本语,支撑了整个牧区的社会和生活。

可是,若想谈些复杂的事呢?

亘古不变的石砬子敖包山下,新庙如今才真的彩画一新。一座可能真是镏金的黄灿灿的庙顶,在敖包鸟瞰下静静地闪烁。当年我多是采用转述办法,表达自己不会说的话。算算又是离开了十多年,我又经历了很多事情。为了畅谈个痛快,行前我甚至新学了一批词汇。我特别想给他们讲讲我所谓的"戴白帽子的民族",我甚至联想到额吉倾听时的警觉眼神。

但是她已经"不在"了。蒙语对逝世一事也用回避的表达。"死"这个词忌讳出口,用"不在"说出来,更加语感沉重。用这样的语言谈着额吉，我和艾洛华哥都有些受不了，我们小心地选择着，尽量谈得简单和概括。

若是环境再好一些，我会对着她安息的山谷，念几节悼念的经文。可是我觉得那也许是强加于人，所以一直犹豫着没有提出要求。我走了一趟新庙，但是没有缴纳布施，回来后又觉得后悔。

哥哥并非孤陋寡闻。我感觉得出，他在捉摸我的变化，他听得谨慎而专心。他无疑在用我的过去分析着我的现在。我讲他听，他似乎知道一切都不是戏耍，甚至我觉得他把事情看得很透。

一天早上，我醒来听他说，刚刚去背后的山顶祭了敖包下来。我有些不高兴。他说自己没有办法去北边正举行的敖包会，孩子已经去了。看来，他掩饰了前几天的焦躁。孩子去了还不够么，他说，我说的是乔布格这里。于是他就自己带上奶豆腐，祭了乔布格的敖包。

奶豆腐摆在南边吗？我问。他说是。走着上去的？骑那匹黑马。祭的时候人要跪吗？他说当然跪。他觉察到我的不快，解释说：以前额吉的父亲，我们的吉林宝力格的老父亲说过，要记住祭这个敖包。所以，我就在今天早晨，在天刚蒙蒙亮的时候，上去祭了。

我发现，他是在对我介绍自己。我突然明白了：在这漫长的世事沧桑过程里，不仅是我，还有他，一个最普通的蒙古牧民——我们都变了。我不再怨恨他没带上我，我意识到他的做法中内藏的严肃。用另一种文化来解释的话，他还在服丧。在和艾洛华哥对坐的那个早晨,我切肤地感到额吉尚未走远。

那么,就像 1981 年、额吉的六十本命年我从北京赶来一样,这次我仍然算是来对了。不知是因为把敖包祭了,还是因为对难缠的我讲过了,哥哥又松弛下来。望着他,我暗自想,人人都有一颗负重的心;而且最终都把这颗心托付给了冥冥之中的存在。

还不仅这么多。我对这样的简朴仪礼感到向往。它像一滴血溶在日子的水里,几乎只剩下一丝的举念和随意的形式。在蒙古草原不尽涌来的启发中,我总是不知所措。在这座不起眼的灰旧毡包里,我曾看见过一个古老的社会模式,一种人,现在又看见了一种深有意味的信仰。

或许额吉于我更是一种象征;但我也并没有直露它的含意。我从来就没打算给世间提供消遣。我不会把从她那儿获得的知识尤其是秘密,猴急地签名叫卖。她使我在这片草地上,在乔布格和汗乌拉,模糊地悟到了禁忌,嗅到了神秘。她只是不知道后来我在西海固,把这一切实践得淋漓尽致。

我家有过一匹黑马,那是艾洛华哥的坐骑。它确实给过我很深的影响,但它并不是额吉养活的。额吉倒是喂活过一匹马驹子。那是在一个春天的毁灭之后。夜里突然刮起了白毛风,大队的马群冲进雨雪交加的泰莱姆湖,一层层地摔倒,一层层堆了起来,冻死在泥泞的水里。早晨包门外面,立着一匹死了母亲的小黄马,额吉把它领回来,用奶瓶喂活了它。

如今小黄驹子长大了。我走到水井旁边,看见黄儿马领着一群骒马,慢慢踱来饮水。正是傍晚时分,曝烤的毒阳终于黯淡了。空气凉爽,我随着艾洛华哥,徒步向乔布格的方圆四方散步。他讲了一些额吉临终前的情况,我默默地听,知道额吉临终结束得很快,没有太多折磨。

漫长的、情义的体验呵,你使我复杂了。

三

幸亏我把她和艾洛华哥硬逼着,来了一趟北京。这么想不知对不对,我似乎认为,那也许多少可以算是一个报答。她毕竟玩了一趟北京;若是没有这么一个小小的报答,今天我实在无地自容。

那件事漫漶迷蒙,记不起细末。于是想起额吉离开北京后,我曾经写过一篇东西。找出 1987 年的《北京草原》,翻看着觉得恍如隔世。可能是由于不满意自己旧作中意识流变体字的败笔吧,这篇记录没有收进任何集子。

发黄的旧杂志里的字,使我不住吃惊。那时,由于傻,由于没有心事压迫,我写得多么轻松自如。只后悔那时一头钻进"小说",而懒惰地不愿细细实录。我怕叙述;娓娓道来的文体,好像只属于另外一类作家。记得我和谁说过,我说我额吉来北京那些天的件件小事、每天每时都是珍贵的文学。

此刻虽然是机会,我还是没有心思回头补记。我不愿唠叨额吉访问北京的日程表。读着那篇随意至极的小说，又觉得正因为傻而无心，它才有点意思。

　　艾洛华哥好不容易才大着胆，咬了熊猫形状的冰棍。额吉在厨房好像又被复查阶级的工作组拦截，紧张地大喊我的蒙古名字——她不敢关掉煤气。八十年代的北京公共车上，还有人给少数民族的老太太让座。那可怕的苦夏，柏油路融化得粘着咬着鞋底子。在北海公园的树荫下，额吉和咯咯大笑的女儿玩耍。一个老外带着个翻译围着我们转悠。那翻译一脸给土著施恩的表情，过来问能不能让额吉和那欧洲老太太合影，我恶狠狠地说：NO！

　　我教会妻子三句蒙语：额吉，我走啦（早上上班时用）、额吉，你们今天过得好么（晚上回来时用），还有最重要的：额吉，多吃！小女儿那时才三岁多，被我训练得一会儿扑过去亲额吉脸一口。我们在三里屯的简易楼里，邻居家家赞叹我招待插队的房东；这一点，够人民子弟兵们学上两辈子。因为此刻我又想邀请艾洛华哥来北京，估计若想穿着蒙古袍子住进我军的大院，大概要先受上一个月的"政审"和"安检"。一想用蒙古话说这两个词儿我就恶心。

　　和牧民住进北京的简易楼，那滋味比住进蒙古包还特别。虽然没有门槛外的牛犊和狗，没有视野尽头的地平线，可是额吉在北京必须依靠着我。从开煤气到关电灯，我像真正的儿子一样照管一切。吐木勒，吐木勒，她总在不停地叫着我的蒙古名字，叫得我美滋滋的。她对我说的话，比在草地的几年还要多。我多么喜欢她那无奈的、一切任我怎么办的神情呵!

最遗憾、最最遗憾的是,差一点我就能使额吉见到班禅!

我有一个要好的藏族作家朋友。他和班禅额尔德尼喇嘛有密切的联系。额吉尚未驾到北京时我们就商量好了,一定让班禅接见我额吉。那将是多么快乐的一场民族大团结呀!更重要的是,我要让整个乌珠穆沁,让党委书记和葛根活佛,都羡慕他们从来不放在眼里的额吉。

准备一直顺畅,班禅活佛的平易非常有名。

可是,就在额吉抵达的前两天,活佛远行青海教区。那时家家都没有电话,可是跑一趟和平里好像不费事。反正每一两天,我就和朋友联系一次。"佛爷还没有回来。放心吧,一回到北京马上通知你。"可是日子一天天过去了,"怎么还没有回来呢?奇怪!"最后朋友的老婆、朋友的朋友,好几个相关的藏族朋友都为我们着急了:"还没有回来!怎么办呢!"

最后的两天绝望了。我对哥哥和额吉,可怎么解释呢?我的心淹没在一派憾意里,那股可惜劲儿和原来盘算的快活一样强烈。直至多年以后的今天,我突然觉察到,当时额吉并不叹息,就像开始也没有兴奋一样。她只是默默等待,不奢望,不显露。最后不如愿时,就像没有盼望过一样不动声色。

倒是实现了两位母亲的会见。

我心里充满独自的欣赏，瞟着她们。我喜欢这罕见场面，因为我而出现了。在那个炎热的夏日，母亲和额吉紧挨着，她们都不知说什么好。我催促着，聊吧，有我当翻译。可是她们只是静静坐着，费力地笑着，对着面前丰盛的筵席。她们比平日更少言寡语，好像只是坐等我的下一个行动。显然她们都意识到了：既然眼看着花儿结了这么大的苞蕾，那么它反正是要开放了。而且最后会结下果实。显然她们对花朵和果实感到忐忑不安，她们似乎都担心我这么与众不同。

我长久地注视着她们，揣摸她们的心情。谜底究竟是什么呢？

四

随着对突厥源流的了解，我对蒙古草原的理解日益广义化。我逐渐有了一些把握。但是从细末和广度，在两处察觉到优势的我，心底却鼓动起离别的欲望。我寻觅着新的出发，准备扑洒过去的，是一种双数的感情。

后来，而且是在遥远的日本东洋文库，一次学习回鹘文养子文书，我突然意识到，养子的观念和习俗在北亚草原的普遍。

养子，tejesen hū，这是一个多么语感温暖的词汇！后来我便半是认真地，用乌珠穆沁口语里的这个词自喻。

其实，连真正的抱养也未曾有过。只是挨着冻羊粪燃起的炉火，睡前要由额吉掖紧皮被。只是那个苦恼人的年代，它一下子就把人扔进草海,扔到了这乔布格的营盘上。一切都在这个营盘上实现了:那毡片磨烂的我们的家,那种非常接近了家庭关系的加入和承认。不,我再不能容忍什么民族学、社会学、人类学。我不能容忍用"调查"替换这种关系,我不能容忍凌驾民众的精英发言。

如同你,蹒跚走完自己的路,哪怕一生穷愁潦倒。不去向世界开口,追逐着水草变移和牛羊饱暖,径自完成自己的生命。这才是作为人的存活,才值得为之生死一番。反之,屈从官宪媚权拜金,在别人制定的模式中蝇营苟活,那是腐烂和失败,是可笑的自虐。

你逝去了,像早晚会发生的一样,像牧草枯荣一样。你的文明里没有吊孝,我赶到乔布格,是与你别离呢,还是最后和你重聚?

我没有解决关于文明发言人的理论。不过我想,也许我用一生的感情和实践,为解决这个问题提供了参考。

一切都过于私人化了。

即便在告别的文字里,额吉,我不愿渲染你的故事,抛出去供外人围观。作家的水平,就在于写与不写之间。我要执行守密和规避的原则。我总在琢磨——你和人民的沉默。你可以安享你的安宁,你是我独自继承的遗产。我谨在这里向你道别,并遵守这个约束。

牵着马,散步在乔布格的旧营盘上,我悄悄数着。二十八年,居然真的有了二十八年。我突然觉得它是一个天成的题目。我决定写一首蒙文的诗歌。就像最初我套用民歌《诺加》,填写了作家生涯的第一笔一样，我企图用《厄鲁特》的格式，写一首总结的蒙古歌。

用诗表达的企图，连贯了二十八或者三十年。不用说那个《人民之子》（应该译成"平民之子"，蒙语……算了吧）——八十年代我还曾准备使用全部蒙文"白字头"的排列，写一首长诗，后来当然由于能力不足而放弃。那里面有"赞颂恩情家乡的歌这么多呵，而宽阔的草原，沉默沉默"；还有"已经衰老青春不逝，这是什么病呢？更细数的话，我并不是从你所生"等等句子。

不能的我已经不想强求。总结的话不及早说，等机会遗失殆尽要后悔。用尽字母表的豪华设想是不现实的，然而，我毕竟是我，我要用她的话语，留下几句。我应该为这一切，留下几句蒙文诗。

念头袭来的当夜，我睁眼望着天窗，失眠了。睡着前我已经默哼着，做出了几个小节，次日早晨我把它们追忆着抄到纸上。那一次剩余的草原日子，我是沉浸在头韵和比兴里度过的。回到北京后我以为马上可以收尾，并且已经准备向第一次我发表作品的蒙文刊物——《花的原野》投稿。

但是到了第二年，我决定把它带回草原去再改。在聚会的席间，我也曾经忍不住唱起过它。虽然屡屡修改，它一直停留在未完状态。此刻已是从六八年计数的第三十个年头，《二十八年的额吉》还没有写完。我喜欢在夜深时拿出它来，字斟句酌一会儿，渐渐沉入幻境。我喜欢反复地，在韵脚、对仗、一个个质感音声不同的单词里徘徊。除了叹息修养的欠缺，我逐渐发觉了：其实我想表达的，在题目里就表达完了。额吉，额吉，其实我用小说、用散文、还觉得不够而要用诗表达的，只是"额吉"而已。

我打算在这篇散文里录下几节，充作束尾。

最后挑了四节八句。我决心这一次做到语言的严谨，绝对不能再让所谓国际通用的转写乱七八糟。果然，请一位蒙古族的长辈帮助校对转写的时候，他也觉得费力：使用书面语和标准的蒙文诗律吧，作者我首先感到别扭。合乎语法的句子陌生并且转义，好多词儿都不是我会说的了。最后，他说，你干脆就直接转写乌珠穆沁口语吧！

他的话，突兀地使我想起学《蒙古秘史》时，读过的一句费解的话："它是把口语直接写进去的书"，寻思着觉得新奇。此刻写下的，是经过蒙古族专家校对、但是与辞典不尽相同的，我用乌珠穆沁口语写的几句小诗。我写着，不禁觉得这一切实在太难得了，心里涌漾起舍不得的感情。

以下就是这几句诗的蒙语转写，以及字面的汉语直译。

Arban jurɣan-u saran-u gegen tang-ās oroju irele
Alhun alhun tan-u aisui jam-du ösün boijiɣsan bi mön
十六的月光，从天窗那儿射进来
一步步接近了你的路上，长大的是我

Horin naiman jil-ün nutug-tu mori joɣsōd yabuhu ügei
Hūčin-iyan emüsügsen ta bol aɣü tön-u dotura baina
二十八年前的旧盘上，马儿停住不走
衣着褴褛的你，是在伟大者的数中

Qulūtai obō-yin dōɣur bol angkan-u Güngse mön
Qima-yi amujūlsan Süme nada-du sayihan öngge-tai
有石头的敖包下面，是以前的公社
使你安宁了的庙宇，在我眼里颜色好看

Harihu edür-tü hola-yi harād dabhur dabhur ūl
Halūn čejin-ü dotor-ās jöhen uilaju baina
离去那天向远眺望，一层层的山连山
滚烫的胸膛里头，正柔软地哭着

1996 年 7 月腹稿于锡盟
1998 年 4 月写成于北京

公社的青史

一

手头的这本小书，不是出版物，只是印刷品。它是由公社、即现在的苏木机关，土气十足又充满事业感地印制的。书题严谨：《道特淖尔苏木史志》。虽然若把它插入书架它会沦为最寒伧的一本，无人识，无人翻，在架上孤单可怜；但若是要对它细读推敲，倒可以说，它是一本翔实地道的社会学小小著作。

插队时曾爱不释手地读过一本《怎样经营牧业——给牧民们的一些建议》（蒙古人民共和国科学院编，乌兰巴托，1958年版），这回得到的这一本，又使我在离开蒙古多年以后忍不住时时摩挲。

它俩和大部头们不一样，不是有了教授头衔就能读的东西。不仅由于它们是异族语文；重要的是它们要求读者调动私人体验。是则读得生动快活，否则那将枯燥无比。

我有个不定期地淘汰不读的存书的习惯，目的是为了更妥善地保存特殊的好书。蒙古科学院那本已经藏了三十年，这一本是1996年在乌珠穆沁，蒙古哥哥送我的。那时喜欢那一本的原因，是因为书里讲的都是我每天正度着的游牧日子；此时捧读这一本，是因为它正式地追述、记录和确认了一方草原——那块地方，不仅封存着我们的旧日情义，还催促我们去继续探讨新知。

二

书的分节很细。立目特别而有趣：有地理概要、牧业经济、文化教育、名人录、庙宇及历史、旧时的富人、新老角斗士……恰如麻雀，五脏俱全。

读这种书时，人好像立即脱掉了知识分子身份。我翻开书页，视野里出现了蒙古兄长的读书姿态——他自言自语般地，一字一字地独自沉浸在一种境界。不是读，是在享受。时而他欣赏地啧啧有声，时而不屑地撇着嘴角。更多的神情是参加的兴奋；好像这书干系着他五十年的牧人经历，他按捺不住要表达意见。

我也学着他，一开卷就仿佛回归成了牧民。

在下意识中我沿袭着旧日的习气，先读马，再找人，后翻历史，末了才瞧瞧沿革概况。于是我们这些牧民读者就满意地发现了：在这本小书里，骏马被专辟一节记载。

人么倒是可以适当忽略，要让那些伟大的马儿青史留名——这出于一种古老的公正。一读，我不禁高兴起来：此书一共著录了十二匹骏马，居然有四匹为我所知。确切地说，是马的主人为我熟知。他们大都是当年的牧主子弟，三个人有两个和我一块打过井。显然——在动荡结束后的八十年代，他们一直在努力弄好马的事。这使我不禁深思：在古老的游牧文明传统中，拥有骏马，其实是一种社会地位的象征。

至于"白音塔拉黑马"，我此刻闭上眼，就能浮想起那匹马的身架。它是一匹勾背的怪马，虽然善奔，但是脊骨如刀。一场赛马结束，骑它的小孩便满屁股流血。书中说：

> 白音塔拉黑马于 1972 年道特淖尔苏木的祭典中获第一。
> 1973 年于东乌珠穆沁旗大典中获第五。

当年——它没有记载更重要的 1971 年，那一年是"蒙古之春"，多年的坚冰解冻，第一次旧式的传统祭典（它叫做 nair，而非通俗的那达慕）在我们公社（那时也没有改称苏木）召开。那个夏天丰饶而平和，我正和一群孩子忙碌在游牧小学的毡包里。不动声色之间，一个消息在随风传播着：要开 nair 啦……

如清明前后的第一股暖风，如一个新时代的试探；我至今牢记着那时牧民们的眼神，以及那时弥漫的气氛。只是，黑马的脊背确实硌屁股，我听见过小学的孩子们议论它，也因此知道了白音塔拉黑马。后来，十五岁的学生查干巴依拉骑它，在那次历史性的赛会上夺得第三名。书没有记录那一次，显然编者过多看重了锦标。

或许该顺便批评书的编纂者，他们在"文化教育"章里，居然对七十年代的民办教育只字未提。那是教育史上的大事；几个牧业队都出现了亘古以来最初的小学，儿童在那时背会了蒙文的"白头"字母表。我正是那时的民办教师，所以心里忿忿——我觉得即便在小小的公社，人的脑瓜里也多是正统主义。

三

我大概没有在别的哪本书里，对这个栏目哪怕瞄过一眼：党政组织历史。但是这一本，却被我读得津津有味。因为不仅里面有不少熟人，还有我离开草原那年的书记罗布桑金巴。他是一个友善的长者，特别和我还有过一点友谊。我一直想念他，可惜他早早逝去了。查了一下，果然：

1971 年 3 月选出了公社党委。

书记：罗布桑金巴（1971，3—1973，7）。

"著名人物"章里，选了我们大队两人。

特别是我的学生巴的父亲，最后以酗酒方式辞世的查布干齐获得了牧民式的殊荣：以"套马手"的名义入选。

著名套马手查布干齐，是道特淖尔苏木汗敖包嘎查的资深牧民。

　　其父名朋斯格；……乌梁海姓氏之家。十七岁为富户牧马，曾把汗乌拉十岁的儿马摔翻。……曾与乃门同行，乃门骑着一匹名"鼻子萨勒"的马，问道："你若是真的是这么有名的套马手，来把我的这马摔倒一下。"查布干齐答："我把你那马的细脖子不套，我套在顶鬃上再拉吧。"于是乃门，摘了鼻子萨勒的鞍子，撒开它。查布干齐在顶鬃上甩竿，猛一拉，马竿的梢头断了。

　　书里讲了他一个小故事。其实，我知道的这位套马手的故事也不少。此外他那阿尔巴尼亚美男子的形象，曾使我费劲地猜想过许久。小册子透露给我一个重要信息：居然有根子远在阿勒泰山脉的乌梁海人！这使我更明白了乌珠穆沁构成的复杂。

　　居然还有这样的一章："旧时的富人们"。可能设置这样的章节，是为了列举那些旧日富人的畜群数、使今日读者知道他们是多么冤屈——他们曾因这个数字被打入地狱底层；而今天畜群达到这个数字的人家，政府奖赏一个小康户铜牌。

　　我读得心情沉重，都是认识的人。但当年我们什么都不了解，包括这些数字：

　　阿西尼麻，西部乌珠穆沁旗代钦淖尔苏木所属乌梁海姓氏孟克之子。1958 年拥有牲畜 1365 头。宝力嘎,孛儿只斤姓氏,1958 年合作化时有畜 1014 头。旺钦,1958 年全部牲畜 643 头。……

读了才知道,首富名叫哈拉夫(此名意为黑孩子,正与红孩子乌兰夫相对),他曾拥有畜群 2930 头。其中马群 88 匹、牛 178 头、绵羊 2033 只、山羊 631 只——无疑他被划成最大的牧主,只是不知他是哪个大队的。

这样,读着"名人录"或者"旧时富人",还会发现一些以前根本不懂的事情,比如姓氏。一般说来,蒙古草原所谓的姓氏指的是部族,它们往往源于传说,可以上溯到十三世纪。只是在我们插队的时候,牧民们对此讳莫如深。

如今换了人间,人们开始炫耀出身的高贵。听说我插包的家,也是孛儿只斤姓氏。哥哥骄傲地对我说,我们是成吉思汗的同族! ……孛儿只斤,Boljigin,这是一个我早在读《元朝秘史》的学生时代就熟悉的姓氏。若是它果真与我插队的家庭有关,当然令人兴奋;但是我想还是需要认真考证一下——考证将是很费事的。

看见我津津有味的样子,有人说:你也该入选,去找苏木说,你也该选进去。我说:滚,少恶心我! 他不懂,我不仅在享受着一种——草原上的晚辈面对古代以及民族长老的感觉,而且我还保留着对游牧民族的历史记忆方式的崇敬。这是神圣的事情。他们不懂我也解释不清:被一个游牧社会认可,是怎样一件难事。

这是对许多旧事的结论和评价。它将迎接漫长的咀嚼般的议论。著录于这本小册子以后,那些牧人和那些往事,似乎就获得了某种价值确认。草原上印书毕竟是罕见的事,小册子似乎就是一种历史定论。

不过,也不一定。这本小册子也开了一个著述和评点的头。也许,已经有更好的公社史、更细微的苏木志正在酝酿之中;也许也会有一种腐蚀,从此肇端。

我还读出了一种别的东西。何止民办小学,全书居然没有提及知识青年。为什么呢,既然人口统计笔笔清楚,而他们千真万确曾是公社社员。或者也可以说,知识青年全数溜了,也和来来往往的盲流差不多所以不用特笔著录。我猜,回避全部"文化大革命"的题目,一定是编者的原则。没有人议论这一点,我也慢慢觉得挺合适。

四

有些资料,过去好像没人知道也没人打听。我一直无从得到。比如我们今称苏木的公社概况:

道特淖尔苏木是在 1455 平方公里草原上的四个牧业嘎

查组成的纯牧业苏木。据 1995 年的统计,共有蒙古、汉、满三个民族的 505 户、2437 人。其中牧民户 336 户,牧民人口 1732人,占总人口数的 71％;而蒙古族人口,占总人口的 70.07％。

如今读着这些资料,只觉活到老学到老的真理那么真切。它可以纠正以前长期的、哪怕数十年保留的错误印象。我一直以为,这里已经是草地奥深的奥深,难道蒙古族比例还不占个 95％以上么?

其实不然。误解是因为眼中过于强烈地留下了乡下牧区的印象,而忽视了其实我们也很熟悉的,星点散落的小集镇。

这是一个自给自足与对外依赖——两者同样夺人眼目的文化。从很久远的古代起,这两种特点就非常显著。不小心,会在感觉中发生误差。由于绝对的交流贸易需要,由于自古以来的皮、铁、毡、银等手工业对纯粹牧业的补充功能,外来户,早就一直在默不作声但源源不断地流向草地。

读着这个数字我明白了忆起的歪斜泥屋,忆起了新庙,那个神秘的小镇。游牧世界的最奥深处,民族的构成,其实就是生活所需的方方面面的构成。形象地说,它就是行帮与匠人。也许正因为乌珠穆沁的游牧性过于纯粹,所以才需要移民来补充它的单薄造成的物质和技术困难。

但民族人口的三七开比例,毕竟是一个使人吃惊的数字。若用它比较其他民族区,比如对比河州某县或新疆南疆的某县的人口构成(缺乏论文灵感的教授们不妨一试),我猜一定会有许多本质的发现。

随便可以再举若干方面的例子。比如,灾害记录的数字也很宝贵:

> 自 1972 至 1995 年共二十三年里,本苏木牲畜头数曾有三次下降,三次创历史纪录。
>
> 第一次为 1977 年的"铁灾";共减少了 34371 头牲畜,占总数之 51.15%。
>
> 第二次为 1986 年的灾害,减少 16268 头牲畜,占总数 20.24%。
>
> 第三次为 1992 年的灾害,减少 3088 头牲畜,占总数 3.06%。

著名的"铁灾"的教益是,现实重温着比如回鹘西迁的历史。它教育道:游牧经济是一种脆弱的经济。若遭遇灭顶的灾难,它的崩溃并不是不可能的。1977 年仅仅是雪,就消灭了它全部财富和生活用品的一半。此外,近年来愈见频繁的小灾小害还不见记录。表格数字在教育着牧民:风调雨顺的古代已成过去,从此大小的黑白灾,将是日子的一部分。不要再幻想了,只有青贮饲料、保暖棚圈,尤其是吃苦的劳作,才能从灾害中保护和挽救自己。

五

基本生产资料,牲畜的数字也值得一记。1995 年全公社的牲畜总存栏数,是十二万八千余头。不知调查数字是否准确;小册子说它是历史记录,我想它没准是一种顶点。如今都说,一再扩大牲畜数量并非好办法,草原载畜量是有限的。我记下这个数字,以后可供比较。当然,这数字很正式,羊马牛驼山羊各个精确到个位数——包括十八头毛驴。

遗憾的是,我们插队时,正是大势已去的年代。整个公社从1968 年的 149021 头,跌至 1972 年时,锐减到 60275 头。牲畜减少了一半多。读着心里不仅懊丧,而且真的觉得凄凉。

不过,与全公社的锐减相对,我们汗乌拉大队(今称嘎查)从我插队到离开五个年头的统计数字,却透露着当年曾有过特别的努力——这努力,我对它记得丝丝清晰。即便在同一片草原上,其他公社大队的外人也很难想象,那是一种近乎绝望的努力。其中的"苦"已随风而去。由于它,那是我们几乎拼命的挽救,汗乌拉的牲畜数没有在表格上滑跌。它是大体稳定的,如下列的几行:

1968 年:15660 头

1969 年：不详

1970 年：13301 头

1971 年：13470 头

1972 年：13258 头

然而我们走后,物换星移到了 1995 年,令人艳羡也使人伤感地、汗乌拉牲畜的总头数几乎快翻了近三倍:37374 头!……若翻开重回草原的笔记,我自己还记载了近两年的、更细致的数字。那么,我们当年的挖井修圈确实是徒劳么? 或者更惨,我们的努力不过淹没在了一场悲剧之中么?

近几年我常回插队的草原的家。当太阳沉入乔布格一线山影,我与蒙古哥哥常去散步,顺便赶一只掉队的羊羔。在那种傍晚的平静漫谈中,这个话题一再地被我俩提起。他说:"不! 那时……现在……又有什么办法! ……"

我们不愿继续扯下去。也许此刻还是感受的时候,用不着给历史结论。

六

如今在我国这印刷术的故乡,有三个搅作一团的概念:出版物、印刷品、书。我的这一本不知算不算出版物,但可以肯定它不仅是印刷品,而且是一本书。它无疑是好书,虽然没有从大招牌的出版社印出来。

如今的我蒙文已经很差。但我忍不住还是常常拿起它，一点点地慢读。好在它的内容不是什么悬念情节，每段每小节都自有头尾。这不是一本一次就要读完的书。读得多了，多次读得入神，我不禁觉得：这小书大有价值。它虽不起眼，可能被人蔑视为印刷品；但比起科学院和各色大学的那些兑水货、那些十年规划五个项目——要扎实和有趣得多。

空闲时我常取过它来浏览，不久就陷入一种享受。不像读书，这是再入自己参与过的世界、追逐自己经历过的往事。无论觉得有趣、悟懂或是痛苦，反正我已爱不释手。一节读罢时的心境，一直能连接着六十年代的风云——那时的惊喜感慨，真是难以形容。

若是全面地逐章漫谈，还可以扯出很多题目。这一篇只能写得非常简略了，我没雄心写一本游牧社会学。那种事太装模作样，一想到自己斜歪在草地上给牧民念社会学，就忍不住先领头打起哈欠来。

有一句话叫做"永垂青史"。同时蒙古也有一部书，叫做《Guhe sodor》，"青色的经典"，意思就是"青史"。在那印刷术几乎被禁的年代，我们聊天时，提起憧憬中的《Guhe sodor》，谁吹牛道："嘿，历史，叫青色的血管！名字多棒！……"浑然不知自己把 sodor 当成了 sodel，把"经"当成了"筋"。

如今，向往的青史普及到乡里了。一想到自己当年插队的公社（我不习惯用新称呼"苏木"，因为那时的口头禅总是"我们公社"），居然有了自己的第一本简史或简志，心里就升起一种罕见的异样感觉。是所谓读书的快感么？不知道。反正读着滋味新鲜。

改定于 2001 年 11 月

改于 2002 年 2 月

与草枯荣

窗外是如此颓败的一派风景,人也就再无意争夺辩论。关心更加私人化,常常只顾想着自己的喜爱。就这样心境日渐通达;天边身外的事情,就宛如摆在眼前一样。凝视着它们,觉得那么亲近。

一个念头浮起不散,大多有它的引子。

那个夏天在草原,在听说了钢嘎白音的死讯时,大概不觉间就悄然咽下了一粒种子。于是在 1985 年我怀上了这个念头。它在我的腹中久久醒着,提示着我,一次次目击平凡的生死。它陪伴我用三十年的注视,仔细观察了一个民族肌体的自然代谢。

一

"钢嘎白音"的死讯,是在闲谈中偶尔听说的。为了躲开无聊的追踪纠缠,我已经把名字写成代号。此篇也一样:钢嘎即时髦,因为即便在物质匮乏的六十年代，他也总是打扮得人马两帅。

洁净的蓝袍子，优美的长马竿，说话温文尔雅，他的外貌酷似在北大教过我的考古教授。我亲耳听他给假天真的女知识青年讲打马鬃（还是把蒙语的术语及转写从略吧）——他居然那么耐心地对着一位酸溜溜的女生，一嘴一个"马群剪头发"。

由于我插包的家庭的关系，我在草原上的年月，若说艾勒（邻居）这个词，不能不说到他家。他一直做我家的艾勒，因此我多少见识了游牧社会中的这一层结构。今天忆起，我能就乌珠穆沁的复杂性懂得一二了，但是当年我曾好久不能习惯：眼前这位大学教授，怎能是一位驰骋酷烈草原的马倌呢！

他已经死了。

他抱养的女儿，和我家的达莫琳同岁，虽不出众，但是个文静的小女孩。他的妻子贤惠而能干，可惜因为她是牧主子女，所以当年的知识青年们对她保持距离。而牧民们很迟钝，只觉得钢嘎家是贫牧成分，而且家里那女人"不会让人饿着"，所以对知识青年不插包住入他家，表示不解。

他是与我交往最多的牧民。因为总是艾勒的关系，邻里厮磨。放羊的我，经常坐在他老婆的牛粪箱上喝茶。这女人确实有一种道德，她用大碗给客人盛饭装茶。我是证人：我目击了住他家的瘸马倌，一连两年用一只大碗。而我，到蒙语自由些以后，就推辞掉了这撑得人肚子胀的美德。

我有一张题为"回故乡之路"的照片。画面上，茫茫草海一辙车路,有一辆轻便马车,在走向地平尽头,车旁伴着一骑马,与车无言地并排而行。那是 1981 年之夏,我正在重归阔别九年的草原。

记得长途班车到达了公社的镇子,我下了车,迎头正巧遇到钢嘎白音。他照旧文雅地微笑,照旧遵行艾勒人的责任,问我:今天,是由他把我来了的消息带回去、我住下等家里牵马来接呢? 还是立即坐他的小马车走。

我很高兴,为一切的丝毫未变,包括为他这副不变的绅士派头。

归心似箭的我决定搭他的车。画面上,赶车的少女是他的养女,车旁骑者就是他本人。也就在那一次,我发现他已病入膏肓。半路上他疼得一共两次突然下马,是胃疼呢还是肺病? 最终也没搞清楚。我只记得那个靠着马脚,紧缩身子蹲着的痛苦姿势。我看着,看得难受。还记得他女儿说"阿伽,您坐吧,我来骑";但他不睬。我猜他认为马车的颠簸更难忍。

虽然是我的重返故乡,但我只能一路默默,心潮起伏地越过了整个南部的草场。先到他家(病痛过去后,他立即恢复了绅士风度,再三邀请我在他家住一夜),再骑上他的马,绕过满水的泰莱姆湖,回到我的旧毡包、小妹妹和绿色的夜。

第二次,刚回到草原,就听说了他的离世。我有些莫名的遗憾。他的事,在迅速地被人们遗忘着。只是由于反复追问,我才知道——不能自立的寡妻已经回娘家就食。财产么,自然就与妻兄水乳难分。远嫁的女儿如今在哪儿呢,似乎已说不清楚。

我第一次目击了一个毡包的消失。

这是一个家庭的消失呵，我被它的无情和真实震动，久久咀嚼着其中冰冷的滋味。草原毕竟是一种严峻的世界，男主人死了，包中的柱子就折断了。一个崩垮中的家庭就像一个水桶漏水，它无法制止，远比它被缝起时容易。草原只承认实力，丝毫不为昔日风采惋惜。时髦马倌的事情于我是一个认识的开头；从此我便开始目击一代人的更迭换代，随着如此剧烈的社会动荡。

无论如何，与我的青春一起在同一块营盘上结伴并立过的、那钢嘎白音的齐整毡包已不复存在。后来才体会到，这无声的事实给了我一种刺激。

那次只是一次信号闪过。大自然的枯草期来了。

二

蓝家族（我又在起外号了）则是从政治到气质，对我们大队、对一群北京青年影响最深的一族。作为蒙古人他们显示着血脉的曲折，这个家族的男子，个个深目高鼻，身材伟岸。尤其是他们的眉眼传神——这在蒙古利亚种族是少见的，在中国则像熊猫一样稀有。一句话，他们宛如一群草地贵族。

他们是一个血统特别的家族。像《蒙古秘史》的启发一样，北亚游牧民的混血是丰富的。蓝家族的男子不怕穿上呆板的汉人制服。他们的优美来自骨架,来自比乌珠穆沁还不同的异质,宛如电影上的阿尔巴尼亚人。

这个家族的神奇老祖父,据说就和我们的下乡前后脚,仅仅在六十年代的早期去世。事隔三十年我特别想见到他,当然那不可能了。但是若能奢望那样的机会,我猜我能弄清许多大事。

老祖父是历史、是传奇、是上一代;而我只能对我目击的有所体会。

蓝家族的巴父,当年是远近的名人。他微笑着侧过脸瞟着你时,那神情活脱是一个西部片明星。现在回想,他属于最后一代靠传统技能著名的牧人。他的套马是一方的传奇。当年我们嘴里总是数落叨叨着:巴父如何能准准套住一只马耳朵半边马脸;如何被边防军用摩托车请去、长马竿子拖在一串汽油青烟后头;如何保持着把儿马套一个滚翻的记录,而且如何在老年的一次众目睽睽下还是把儿马套转了脸——吹牛是一件多么过瘾的事啊!那时忘了——他还是一位有思想的人。

由于时代的矛盾,当年我和巴父间的关系,也卷入了家族纠葛,以及讨厌的政治。似隐似现的隔阂持续着,直到我决心试试民办小学的时候。

那时我率领一群蒙古小孩,拾羊毛、种萝卜,并且下意识地不做同化帮凶——我刻钢版编了乡土教材,教蒙文。巴父的儿子巴,在那个时期忠实地追随了我,他是我紧紧依赖过的、最可靠的两三个蒙古小孩之一。

也许这个"汉人"和儿子的友谊，引起了父亲的思考。巴父在一次我回草原时表示：要和我深谈一次。我感到莫名的激动。我说：可以，我等着您。

但是除思想外，同时他还有更大的事——酗酒。从月初我回去，到第二个月初，他日以继夜地烂醉，一直醉了一个月。时而他跌撞歪斜，突然出现在谁家门口倚着门框微笑，然后瘫软在地；时而纵马嘶吼，危险地把鞍子晃得忽左忽右，入魔发疯地驰过草原。一个月里不知他的去向。时而听说他在南边营子里昏睡，时而又听说他在几百里外的远方醉游。

直至离开那天我没有再见到他。

我必须回北京了。我的内心里对他依依不舍，因为我认真地盼着和他的"深谈"。我甚至奢想，这谈话将使我得到对我非常重要的、牧民的评论。但是没有；那次离别，也是我与他的永别。

蓝家族的其他几位阿尔巴尼亚美男子也都逝去了。他们去得无影无踪，就像草原上曾闪过的、那潇洒慓悍的姿态一样。

今年则更是遗憾。暑假里我带着女儿回草原，人很累，所以罕见地不愿多串门。而巴父的儿子巴——他实在住得太远了。犹豫几度，最终我还是没去他家玩。因此也就失去了最后探询他父亲的心声、他家族的真实的机会。

草海里的一个无名家族，虽然它的成员有些逝去有些活着，但是归根结底，它主导一块草原、赢得权力和荣耀的历史结束了。

后来我多次回来。人们已经对我使用这样的句子："还记得咱们这儿过去有过一个蓝家族吗？……"每逢回到这片萋萋芳草，看着草潮的荡动，我就想：逝去了的，真的就是一去不返了。

三

大阿伽和我的关系可是非常深厚。他有二十年马倌的光辉履历，在我们的大队，他是首席牧人、慈祥老者、无字书等一切形象的集合。当然友谊是有缘头的，主要的原因是：他是我的朋友、同班同学唐的义父。所以，在漫长的插队史中，大阿伽，自然也就与我有了一种类似叔伯的关系。

九七年么或者九六，那次我去公社（早就改称"苏木"了。但我不习惯，而且苏木一词不一定是蒙语）看他，找了好久，才发现大阿伽慢慢悠悠地，迈着牧马人的罗圈步，从新修的庙门走出来。我大喊：阿、伽——！然后随他参观了新庙。

庙里都是陌生人。有个别小喇嘛神情不太友好。当然他们不知道1981年恢复此庙时，他们的"格斯盖"（高级的喇嘛职务，我也不懂详细——也是我们队牧民）曾专门找到我，要求我帮助。虽然格斯盖已经死了，但我依然是大阿伽的旧日"牧友"，所以我当然有特权参观。

阿伽对他们说的话是："这不是随便来的一个人，过去我们总是一块，我们一块放过牲畜，我们过去一块——"我听得很快乐。哈，"我们一块"，真是最棒的介绍！

接着看庙。在彩画一新的庙里合影。

庙的正庭中央，有一座白塔。我问道："阿伽，这塔里有什么呢？"阿伽微笑着回答："这里面，有佛。"不知为什么，我听了非常感动。

然后去家里喝茶。

他住在新庙旁边，可能我们以前也来过的那片泥屋巷子里。一盘干净的土炕，拐了一个直角，几乎占满了屋里全部空间。他的草地上的毡包早已收起；以后用或不用，要看一个小独孙子。这孙儿半大身材，条纹 T 恤衫，俨然一个现代小伙。初对面，他对我不知该尊敬还是该挑衅，不时地在旁边瞟着。

早就听到了阿伽当喇嘛的传闻，但传说是含糊的。

"阿伽算什么喇嘛！他就是随着喇嘛们，就是一块坐坐！"哥哥说。

"那么阿伽也有那种红的紫的，穿的东西吗？"我不会用蒙语说袈裟。

但是盘腿坐上阿伽的泥炕，端起茶碗，话就变得容易谈了。我小口喝着，望着他。比起我们一块谈论牧草马经的当年，他消瘦而垂老了。话题既然是庙和喇嘛，他依旧像以前那样，和蔼地给我讲解。真的，除了与我们的智识阶级，与一位蒙古老牧民讨论人的信仰，是容易的。

他刚从林西看病回来，表情轻松自信。"病么，就不想再看它啦。若喝药，以后只喝些蒙药吧！"

这不是一句随口的话。老人们都这么说。

谈及关键的牲畜，他告诉我：有百十来头羊，交给亲戚和女婿了。若要吃肉他们会送来。旧的蒙古包还很结实，他们需要随时可以用。阿伽嘛，就住暖和的土房子啦。

确认了我在这间小泥屋里的地位以后，那半大小子端正了礼性，双手捧来茶碗。我拿出长辈的神态，随便接过，顺手放下，并不停住和阿伽的谈话。

斟酌词汇是最要紧的。我害怕说错，挑着词儿，小心翼翼地问道："那么，在庙里，在喇嘛的数里，有阿伽吗？"

"是的，阿伽嘛，也在喇嘛的数里。"

奇怪的是，他完全重复了我的词汇。一刹那，我发觉随着这么一句话，阿伽的神情里浮起一种满足。这神情在他衰老的脸庞上，化成了不可形容的慈祥。比我们二十多岁时，比我们还一股孩子气时，还要显得慈祥。

我觉得新奇，更莫名地感动。由于在北京已经送过老人，凝视着这张消瘦的脸我心里明白：阿伽的日子不多了。

人称大阿伽的他，逝世于次年。

四

还有一些逝者，几乎和我没有过交往。但也许比起上述的朋友，他们的辞世更使我难过。他们是被划分为敌人阶级的人，地位在人与非人之间。知识青年似乎天然就对他们敌视,自然不会称兄道弟、认父认母。

她是一个"富牧"的女儿,年纪可能比我们稍大一些。

富牧就是农区的富农,今天说起来这个词,依然有恐怖的感觉。在提倡"实事求是"的时代里,她家曾经有多么富呢? 一百来匹马,二百来只羊。不管比起今天的哪个牧民,都寒酸得令人发笑! 当然还有"剥削";她作孽的父亲使过牧工。

我还记得,我们把一个失意的下台干部秘密请来,关上门,给他吃香喷喷的小米饭羊肉汤。让他挨着个地,把队里的四类分子细细讲了一遍。

特别记得下台干部讲的、她父亲的故事:对于外来而且年轻的我们,那些传说是陌生的:由于一场风,改变了人的阶级。据说,那场罕见的白毛风可怕极了,它铺天盖地而来,草原上牲畜死亡大半。她家原来可能更富一些,因为那场风雪,家境一蹶不振。因此划分阶级时,被划成了富牧。

也就是说,她还可能遇上更大的悲剧。

一连几年,我总是扭头看见侧面,或者侧后方,看见她卑下地低着头、弯着腰,在泥水堆、在仓库、在打井盖房的工地,抱着石头,挂着镐头。她总是穿着一件泥点斑污的旧袍子,见了人就赶紧地躲闪着让路。

但是给我印象更深的是她的身材,说实话,我再也没见过这么苗条的女人。草地严冬人穿厚羊皮德勒;我们都笨重得爬不上马背;而她裹着厚羊皮还那么纤细。

走马经过她和一群牧主干活的棚圈时,我斜瞟着看过她。也许是因为那时我太年轻见识少;但确实只有她的形影,至今使我记着。我甚至觉得,女人身材的极致,就是那种包在大厚羊皮袍里的苗条。

人无论谁,都可以训斥她一顿。除了大队的劳务,谁都可以支使她和牧主们给自家干点私活。我猜谁若想把她当女人使用一下,更会是一件安全的小事。几年里,她就一直在草原的另一角,弯曲着腰蹒跚走着,卑微低贱地躲让着,抱着要缝的破烂毡子,铲着沉重的草拌泥巴。

不过运气晚晚地来了。

她被一位有权势的贫牧人物看中了。唉,谁会看不中呢?只是那男人有本事应付当时的舆论。再说,那种草原社会的舆论,怕更多正是由他们制造的。

大约在七三年或七四年,她终于成了一座插着红旗的蒙古包的主妇。但那时我已离开草原上学,喜剧的几幕,我没有看到。

听说,就在前几年,有一个冬天的早晨,她推开包门,走过南边的灰堆,蹲下来解手。就那样蹲着,再也没有起来。

我依然是听嫂子讲的,只是讲别的事的时候顺便带了一句。嫂子快人快语,讲什么都随心所欲,根本没留意我的反应。

我也没有多问,只觉得自己悄悄松了一口气。一个念头闪过心间——她总算走了。她离开了这个残忍地折磨了她、又给了她一个体面结尾的世界。

老人们都死啦——现在这是句挂在嘴上的话。

但她不是老人。嫂子的话唤起了一个一直醒着的意识。听着她的死讯，我心里非常不平静。命运的拨弄还算是慈悲，最终没有安排我"看杀"了她。但我曾冷漠地看着她的受难，也许那比死更可怕。

为死者反省么？他们不需要。

应该说，我是在很久之后，特别是在——自己也逐渐变为被歧视与被敌视的一群的成员以后——才渐渐懂得：在我们的文化里，当一部分人遭受着残酷的歧视或践踏的时候，包括我自己的他人——条件反射般的举动是：或者有意无意地参与加害；或者按时吃饭睡觉，心安理得。

她如牧草一般，绿了一场又悄然枯折了。她不会喜欢假惺惺的忏悔，因为人道的考验，每天都同样尖锐。其实就在你我身旁，每时都有女性的呼救。我不参加忏悔大师们的比赛。我只想说，我没有再向人间的不平沉默。

五

二千年并非什么恶心的千禧年。在亘古游牧的草原，它只是十二生肖循环的一个龙年。对穆斯林而言，它不过是一个与流年并无二致的年头。这个夏天于我也没有任何改变。

但听人大声喊叫说：都炒千禧年呢！今年文人们都伸手"异文化"呢！

我没有出声。

文人无行，不足为训。分道扬镳已经很久，我早忘了寻章问句、小说构思。这一年，我依旧——留意着他人的苦痛而生活。在这种被我逐次认定的方式中，坚持久了，我发觉自己见识的，是种种健康的文明。哪怕这些文明的邻人举步维艰，遭受歧视，哪怕他们在默默生死，他们的启示才是无限的。

老者，女性，异类，若想写下去还可以写孩子的夭折。

但我想已经可以搁笔，因为毕竟不是要展示什么。关于孩子么，虽然写得不好，以前有过一篇《又是春天》。

他们是游牧民族。没有兴趣老了就进入"药腌的生活"，更不愿意被大夫判个"无期治疗"的苦刑。病到某个程度以后，他们大都回家，余下的事托给上苍，不声张，不打搅人地、平和地逝去。

过去我看尽了他们的生存。以后，已经该注视他们的衰亡么？

我悄悄地对自己喊道：你不是在半生里，多次写过、一生向往做牧人的养子么？那么就像牧民一样，放弃此界的话语，和青草交谈吧！像抚育了你气质的草原牧人一样，随春日而蓬勃，遇冬雪而离别吧！

我喜欢在夕阳斜射的草中散步。

这习惯传染了蒙古哥哥。每天我俩都信步一圈。漫步着我俩聊个不休。我感觉胸中语言丰富。拥有语言之后，人的感觉真幸福。开个玩笑：我倒盼着哪一天人类完全不能对话。那时我就美啦，我可以自由放浪于我的乔布格、汗乌拉，我可以和埋在每一株牧草下的灵魂谈话。

起风了。

在乔布格的牧场和营地上，从远方锡林河方向一直到背后的敖包山，次第漾起了一道道牧草的大潮，就像是熟悉我的一些灵魂，依次地前来与我问好。

2000 年 11 月

第二辑

大河家

大河家是一处黄河渡口。

年年放浪在大西北的黄土高原之间，大河家便渐渐地成了自己的必经之地。它恰像那种地理教师不懂的、暗中的地理枢纽；虽然偏疏贫穷，不为人知，却比交通干线的名胜更自然更原始，不露痕迹地沟通着中国。

这些地点，一旦了解多了，去熟了，就使人开始依恋。半年一年久别不见，特别是像我此次离开祖国两年之久后，从归国那一瞬起便觉得它们在一声声呼唤。真是呼唤，听不见却感觉得到，在尚未立稳脚跟放下行李前，在尚不能马上去看望它们之前，该先在纸上与它们神交。

大河家是甘肃南缘边界上的一个回民小镇。密集的、土夯的农家参差不齐地排成几条街巷，街头处有一块尘土飞扬的空场，那就是著名的大河家集。店铺簇堆，人马拥挤，集上半数以上都是头戴白帽的回民。清真寺的塔尖高出青杨树的梢头,远近能看见十几座之多,唯熟知内情的人才知道每一座的源流、派别和历史。

当然,任何一处黄河渡口都使人激动。而大河家渡,不仅有风景的壮阔悲凉夺人心魂,而且有一股平和与自然,使人可以获得宁静。

几条土巷,攒尖般汇在一起,造成了集。出集百步,便是咆哮黄河。

在这里等摆渡,一眼可以看见甘青两省,又能同时见识回藏两族。傍大河家集一侧是甘肃,黄土绿树,戴白帽的回民们终日在坡地里忙碌。大河彼岸是青海,红石嶙峋,服色尚黑的藏人们隐约在山道里出没。大河家,它把青海的柴禾和药材,把平犄角的藏羊和甘肃的大葱白菜,把味浓叶大的茶——在轰鸣滚翻的黄河水上传递。

河上悬空吊着一条拳头般粗壮的大铁索。一条大木船挽在这悬索上,借黄河水的冲力,用一支舵使船往返两岸。船入中流时,那景色十分壮观。在颠簸如叶的渡船上,船客子扳牢大舵,把黄河的千钧水力,分成了横渡的巧劲。

此地指行业为客。割麦人称麦客子,船把式称船客子,淘金人称金客子。船撞入漩涡时,水溅起来,岸上船上的人都怔怔地看。使船时的吆声是听不见的,在大河家,永远地充斥着河谷的,只有黄河跌撞而下的轰轰涛声。

清晨时分,因为黄河走得太急,过水太多吧,整个河谷白濛濛地罩着浓雾,听得水响,不见河流。渐渐天热了,阳光照透了雾,才看见平素黄河的雄姿。那黄河太漂亮了,衬着一面被它在古时劈开的红石头山,衬着被它滋润得冲天的茂盛青杨林,一川狂怒狂欢的黄河水,不顾性命地尽管奔流。

我住在韩三十八家里已是第几次了,现在回想着已经数不清楚。此刻从远托异国的逆旅归来,仿佛中我又住进了他那院里。屋檐下挂着一串串玉米,院角有一个换水沐浴的棚子。

韩三十八今年应是八十岁,明年若抱成个孙子名字正巧该叫韩八十三。他也喜欢看河。黎明时,雾罩河,他一声不响地凝望着那一川雾。水汽渗在他脸上的皱纹里,我猜不出他在看河时想些什么。

他从死地里挣着命回来了。五十年前他是马仲英的护兵。在喀什以南的戈壁滩上,他们捏着步枪疯跑,天上的飞机追着他们剿杀。那是没有边的大戈壁滩呐,不知道人怎么能跑过飞机。

队伍灭了,他和几个大河家同乡钻进了昆仑山。

沿着昆仑山北缘,沿着塔里木沙漠南缘,他们几个大河家男子逃回了家——世界上著书立说的探险家谁走过这样的路线?我在有一年坐飞机去喀什,从舷窗里可以看清烈日下沙漠中的每一丛蓬蓬草。我觉得恐怖,飞机追着逃跑的人打,战争看来确实无美可言。

韩三十八老汉和我看河,总是默默不语。他从来不提及当年马仲英的神话,也不讲他见识过的血腥沙场。这对我这个求学者不免可惜,因为我只有凭自己猜想了。

逃回大河家以后,他干尽了渡口远近的一切营生:筏客、金客、麦客,卖过茶叶,走过私,闯过藏人地方。黄河是他的家路;他说过,只要挣上了钱,就找河。在任何一个渡口搭上个筏子,或是再当个筏客子再挣几个钱,不多久就能与他的撒拉妇人相遇。这真是一种准确的地理:任世界再大也不难找到黄河,河水一直流向家门,正因此韩三十八老人稳重如山,任世事浮沉总是那么胸有成竹。

怪不得此地也有我们山东人。黄河就是家路,顺着黄河,能到济南,人这样一想,心就安静了。

壮游无止,这是中国的古风。与其随波逐流学习肮脏,不如先去大河家住一阵。去看甘青两省,去看黄土高原和积石山脉分界。去看那造雾的滔滔大河,和真的经过险境的人一块。

油菜花

我从来不会留意，在哪儿开什么花。

虽然，遇上好看的花，也会眼前一亮，心中一动涌起一股爱怜；但那会很快过去，随时光淘刷遗忘干净，而不会总惦记着它。花简直也是一种流水，喧闹地斑斓一时，又突兀地枯败殆尽；让我这样的人，不仅没养成对花的癖好，甚至全无花的常识。

然而莫名地，我这花盲，却与一种花暗中有了什么关系。

不分冬夏无论南北，我与它到处相遇。它使我不得不想：为什么到处都总碰上它呢？

它就是油菜花。

一

那年在河州，算来该是六月的日子。

只记得积石山一面拽下两千米的坡麓上，鲜黄的油菜花一片接一片。那儿是河州城的西南乡，保安人的聚居地。

那一次，宿地是名气挺大的梅坡，我们兄弟三人，小住在丁生智的老家。

每天，屏障般的积石山壁立西天，山麓上仿佛有一层紫色镀染。当学生时就听熟了的保安三庄，低踞在薄薄的暮霭里。除了托茂、康杨、一半的裕固，保安人是一支比较小的、说古代蒙古语的遗民。虽知道已经无望用蒙语交流，但我还是喜欢和他们"对词儿"。

此来无甚大事，只是休养身心，听掌故、记蒙语、访教门。我喜欢沿着旺盛的小麦田，瞭着山体微蓝的积石大山散步。油菜花，正在远近的凹地坡麓上怒放，那一派浓烈的黄色，给我说不清的振奋。那是我留意了它的头一次。

在贫瘠、不公、阴暗的季节，油菜花突然跳了出来，给大地涂满了泼辣辣的亮色。宛似热烈的希望，忽然间公开在满山遍野。山脉横亘在青藏高原的前沿；造物主的巨笔饱蘸鲜黄，涂抹遮断眺望的大山。无论谁都禁不住浮起的快意：一块块的黄彩，闪烁引诱，扫荡了心底的阴愁。

再吃清油的锅盔、炒成的洋芋菜——滋味不一样了。味重色浓的清油，在盘底积了薄薄一层黄色。它确实香，嘴里知道，但说不来。我猜，哪怕你洋包装色拉油流行超市，某一天，若是锅里换了别的油，西北五省的汉子会齐齐地放下碗，"嗯？"一声，大惑不解。

我一直没造访过油坊和水磨。我对油菜花的好感，只为它带来的明亮视野；虽然我模糊知道，对农民来说，满山的油菜地只是为了榨油卖钱。

二

忘了问问广东湖南是否也种油菜花。估计答案大概是肯定的；只是怪我一直没有留意，没有把它们与西北联系。

既不留心，此刻也就写不出湖广的花期，更不知它们与百姓的纠葛了。但我还是觉得在南国它不会这么重要，因为南国大概用不着以它妆扮风景。

知道的只是：四川的油菜花在二月就满开了。

那年从川北的剑阁栈道东行，在苍溪的白龙江上，我遇上了被油菜田斑驳点缀的红军渡。

于我而言，大巴山是个陌生的新词，面对着它，我心里留着一丝谨慎，只想浅浅地初探。比起大西北，这里的油菜田零散而且破碎，难得看见绵延起伏的大片黄花。直陡陡的断崖坎，巴掌大的三角地，都被四川农户见缝插针地种上了油菜。它们明灭闪烁，从向阳处到背阴坡，从低矮的山脚到高高的山顶，依着几天的节气跌差，次第分批，有条不紊地开放。

在川东北眺望油菜花，感觉多少有一点异样。也许因为突兀地走到了苍溪渡口，我总把这倔强的花，与悲剧的红四方面军联想一起。他们突然就抛弃了依托，离开了根据地。他们几步就迈进了松潘草地，接着走进了一部长长的悲剧。确切地说，在四川，我为二月的油菜花开感到不可思议。因为远在青海的祁连，花的满开，要待到七月上旬——流落祁连的红军，一定也曾对七月的油菜花季惊奇过，我深信不疑。

世上油菜花种植最多的地方，也许是青海门源。

那里有一望几十万亩的大面积油菜田，沿着一字并肩的祁连雪山，浩荡的金波一望无际。门源创建了"油菜花节"，日子定在了七月十号。这日子与四川的二月实在差得太远了！

我意识到：油菜花是中国地理的标志花。

花期的剧烈跌宕，如世间的峻险无常。从剑阁到松潘，在岩石缝隙，在高高山顶，那一块块鲜黄确实不合时宜。它开在贫瘠的土壤，它宣布着异端的思想。我忽然想，若是没有油菜花，不仅那些牺牲的红军，包括我们都会觉得太寂寞了。这不起眼的小花，它藏着奇异的隐喻，挑逗人莫名的激动。

谁知是在四川还是在青海？反正，我与这种花结成了某种关系。

三

这一次到汉中，当又一次看见山上块块涂黄的时候，我心里主要是地理的兴趣：这儿可是南方北方的分界；油菜花，你这地理的标志花，我倒要看看你开在几月！

来汉中的目的，是想到城固县去，打听六十年代从阿尔巴尼亚引进的橄榄树的下落。写《幻视的橄榄树》时，一位老专家写信来教给我一个重要知识：秦岭白龙江是气候的分界线。橄榄——那神圣的和平树，它在中国尝试栽种的伟大实践，其最北端就在秦岭的南麓、陌生的城固。

但是没料到，在陕西城固，无论市民农民，提起橄榄树，人人一问三不知。这和把好不容易完成了驯化、并把树种到尺粗的成果砍了个精光的四川广元，恰恰是南北一对。在广元，我们在公园找到了石鼓似的断根；在城固，只看见一个植物园里有橄榄树的广告。

只遗憾没有去城固县林业局。我留了一线念想：受到冷落的橄榄树，一定还悄悄躲在国家的苗圃，怅然望着满山的油菜花。我说不清对油菜花究竟是不满还是理解——正是油菜花，挤走了橄榄树的种植。

急功近利的中国人，等不及橄榄油普及锅台的未来。但是从四川到汉中，在陡峭破碎的坡地上染黄的油菜花，意味着菜籽油依然是中国农民的经典食品。橄榄树以及它的神圣背景和传奇的油，进入每年都被油菜花从南到北依次占领的中国——还需要一些时间和机会。

与其说和一种植物莫名地结了缘分，不如说不自觉地了解一些植物的知识。这是一次小小的学习，但也横跨着宽广的地理。

我喜欢油菜花，不单因为它是最适中国农民的油料；也因为它点缀了我的长旅，装饰了一路旱渴的风景。即便如此，当我发现它真的沿着纬度，次第接续，一分分攀升一般地开花，成了中国大陆上花期拖延最长、南北种植跨度最宽的一种花——心里真是又惊又喜。

中国的辽阔，不知为什么常给人一丝伤感。

是因为它受过的苦难，以及一定还要迎受的、在劫难逃无计可施的恐怖的苦难和危机么？也不尽然。是因为草木的微渺的美好么？

它那么弱小，且从来沉默，似乎可以被人任意欺凌直到来世——须知野草菜花不容轻蔑，无论它们怎么渺小无助，怎么身为下贱，它们的草木生存中，藏有颠覆的底气。

油菜花——它随风散洒，遇土生根，落雨花开，安慰天下。它从南向北，逐省逐县，点缀贫瘠的大地，添补百姓的生活。它虽不鲜艳，也不名贵，但唯有它，与我形影跟随，相伴了一场。

2007 年 7 月写于松潘

改定于 2010 年 3 月

北庄的雪景

那一年在河州城，在几个村庄轮流小住。都是些在西北史上名气很大、实际上贫瘠荒凉的山沟庄子，比如莫尼沟等等。放走了一匹久骑的爱马，看着它赤裸着汗淋淋的皮毛跑回草地，手里空拿着一副皮笼头——当时我初进回族世界时的心情大致就是这样。

不愿去想熟悉的草原，听人用甘肃土话议论《黑骏马》时感觉麻木。也不愿用笔记本抄这陌生的黄土高原，我觉得我该有我的形式。

总听人说，北庄老人家如何如何淳朴，待人如何谦虚，生活如何清贫。农民们说他有国家派给的警卫员、手枪和"巡洋舰"，可是永远住土炕，一天天和四方来拜谒的老农民们攀谈——而且农民坐炕上，他蹲炕下。

听得多了，心里升起了好奇。我的不超过五名的弟子之一，出身北庄的马进祥摆出一副客观介绍的样子，不怂恿我去，但宣布如果我愿意，他能搞到车。我望望迷蒙的大雪，心里怀疑。但是广河县的马县长把一辆白色的客货两运丰田开到了眼前,进祥又把他的老父亲请到驾驶员右侧的向导席上,驾驶员也是姓马的回民。——我背上了包。

在无数姓马的回族伙伴拥裹之中,我这个张姓只有一种客人的含义。去投奔的人也姓马,大名鼎鼎的北庄老人家马进城先生,中国伊斯兰教协会副会长。

外面大雪纷飞,雪意正酣。

河州东乡,在冬雪中它呈着一种平地突兀而起、但不辨高低轮廓的淡影,远远静卧着,一片神秘。奔向它时会有错觉,不知那片朦胧高原是在升起着抑或是在悄悄伏下。雪片不断地扰乱视野,我辨不清边缘线条。只是在很久之后我才懂了这个形象的拒否意思:它四面环水,黄河、洮河、大夏河为它阻挡着汉藏习俗和语言以及闲客,南缘一条水拦住回民最密集的和政、广河、三甲集一线——使古老的东乡母语幸存。它外壳温和,貌不惊人,极尽平庸贫瘠之相,掩藏着腹地惊心动魄的深沟裂隙、悬崖巨谷。

我竭力透过雪雾,我看见第一条峥嵘万状恐怖危险的大沟时,心里突然一亮。大雪向全盛的高峰升华,努力遮住我的视线。东乡沉默着掩饰,似乎是掩饰痛苦。然而一种从未品味过的、一种几乎可以形容为音乐起源的感触,却随着难言的苍凉雄浑、随着风景愈向纵深便愈残酷,随着伟大的它为我露出裸体——而涌上了我的心间。

这是拥有着一切可能的苦难与烈性,然而悄然静寂的风景。

这是用天赐的迷茫大雪掩盖伤疤、清洁自己、抹去锋芒、一派朴素的风景。我奔向它的心脏，它似乎叹了口气，决定饶恕我并让我进入，如一尊天神俯视着一只迷路的小鸟。

我屏住呼吸。我没有把这一切告诉我那傻乎乎自以为是主人的马进祥弟弟。我瞟了一眼在向导席上端坐着始终不发一言的、后来我曾从北京不远数千里赶到他坟前跪下的进祥的父亲。我从那一刻目不转睛——这是我崇拜的那种风景。

雪粉成旋风，路滑得几次停车。我们猛踢崖缝上的干土，再把土摔碎在路上，让车开动几步。后来干脆把车上的防水帆布铺在轮前，开过去，再扯着布跑上去铺上。最后——车从一道大梁上疯了一般倒滑下来，不管我们的汗水心意。

路已经是雪白一条冰带子，东乡的山隐现在雪幕之后，谦和安静，我抬头望着这不动声色的淡影，绝望了。

向导席上的进祥父亲一动不动，一声不吭，好像已经入了定。驾驶席上的小伙子笑容不褪，好像那一溜到底的倒滑挺有趣。我抖擞起来，兜屁股踢着进祥，把半堆土坯块装上了车。

重车不滑，白色的冰带不再活泼，代之移动起来的又是东乡的雪中众山。雪现在时浓时淡，像是为我拉开了一幕又一幕。我不解，但是我此刻心情已经端庄。鹅毛大雪中，山峦变得沉重而肃穆，音乐真的出现了。我刚刚要侧耳倾听，车子一转，驰下了小道。

深不可测的涧谷近在腋下。四周群山竞相升高。我们正在爬坡，视野中我们却降入了一个海底。东乡的山，它涌着，裂着，拔地而起矗立着，无声嘶吼着，形容不出的激烈和沉默合铸着它们。沟沟如刀伤，黄土呈着一种血褐。我知道，自己就要撞入一种可怕的真实——它们终于等到了我，它们的倾诉会淹没我，但是我已经欲罢不能了。我只能前进，冒着这百里合奏的白雪音乐。

大雪在覆盖、隐藏、拒绝、妆扮。雪是不可破译的语言，我直至今天仍不解那天那雪的原因是什么。

无论是好奇或是理解，无论是同情或是支援——在这茫茫的东乡大雪中都不可能。只能够静静地赞美，只能感觉着冰冽的纯洁沁入肉体，只能够让自己也进入它的内容。

马进祥的老父亲一直纹丝不动。走了这么一路他没有说一句话，拐入小道时他也只是用手稍微地指了一指。

北庄如同海底的一块平地，雪在这里像是砌过抹平一样。在这片记忆中平坦得怪异的地场正中，有一株劈成双岔的柏树。巨冠如两朵蘑菇云，双树干在根部扎入白雪，远远望去有一种坚硬扎实的感觉。树冠顶子模糊在雪雾里，干墨黑中隐约一丝深绿。

雪海中这一棵树孤直地立着，唯它有着与雪景相对的墨黑色——其他，无论庄子院落，无论山峦沟壑，无论清真寺和稀疏的行人，都溶入了大雪之中，再无从分辨了。

我们进了一户庄院。北庄老人家披着一件黑色的光板羊皮大氅，头戴一顶和任何一个回民毫无两样的白帽子，疾步迎了上来。

他精神矍铄，面目慈祥。互致问候之后，久闻的东乡礼性便显现了：老人家坚持我们是客，要上炕坐；而他是庄院主人，要在炕下陪。我坚持说无论是讲辈分、讲教规、讲遭遇经历，或者北京的虚假客套，我都要让他上炕坐上首。推让良久，我不是东乡淳朴礼性的对手——后来几年之后回想起来，我还为那一天我在炕上坐着又吃又问，而大名鼎鼎的北庄老人家却在炕下作陪而不安。

真人不露，他的谈吐举止一如老农，毫无半点锋芒。他的脸庞使人过多久也不能忘却，那是真正的苏莱提——因纯洁和信仰而带来的美，这种美愈是遇上磨难就愈是强烈。

屋外惨烈的风景与我仅隔一窗，我几次欲言又止，最后决定不再探问。其实我们彼此看一眼，心里就都明白了。话语的极致是不说。

这就是神秘主义的方式，我心里默默地想，答案要靠你用身心感悟。那满天的大雪一直在倾诉，我既然是我，就应该听得懂东乡大雪的语言。我想着，喝着盖碗里的茶。时间度过着，我觉得自己在那段时间里，离求道的先行者们很近。我想到那棵独立白雪的大树，心中一怔，觉得该快些去看看它。

北庄老人家给我讲了一些关于除四害时，全国追杀麻雀的话。他用一种我从未见过的语气说：

那些麻雀也没躲过灾难，人还想躲么！

我后来常常琢磨这句话。

真是，有谁将心比心地关怀过他人的处境呢，有哪个人类分子关怀过麻雀的苦难呢。有些人为着自己的一步坎坷便写一车书，但是他们也许亲手参与制造了麻雀的苦难。为什么人不能与麻雀将心比心呢?

那棵笔直地挺立在白雪中的大树身上,一定落满了麻雀。我想着,欠身下炕,握住北庄老人家温软的手,舍不得,还是告别了。

在废墟已经完全被雪埋住,仅仅使雪堆凸起一些形状的北庄雪原上,那棵树等待着我。

雪地上只有它不被染白,我觉得一望茫茫的素缟世界,似乎只生养了它这一条生命。

我和进祥一块,缓缓地踩着雪,一面凝视着那株双叉的黑色巨树,一面走着。雪还在纷纷飘洒——只是雪片小了,如漫天飞舞的白粉。

我不知该回答些什么。我抱歉地望望四绕的悲怆山色。一瞬间莫名其妙地,我忽然忆起了内蒙古的马儿,还有鞍具。我进来了,我迟钝地想道,伊斯兰的黄土高原认出了我。

我正要和马进祥离开那根树时,他的老父亲急匆匆赶到了。老人没有招呼我们,径自走近了那株古树,跪下上坟。

那是几年前的事了,那时我尚在浮层,见了老人上坟尚在似懂非懂之间。当时的我不像如今;当时我只是心头一热,便拉着马进祥,朝他的老父亲走去。

雪又悄然浓密,山峦和村影又模糊了轮廓。东乡的山就是这样,它雄峻至极,忍着一沟沟一壑壑的悲哀和愤怒,但是不肯尽数显现。我茫然望着一片白蒙蒙飞雪大帐,在心头记忆着它的形象。

雪愈下愈猛,混沌的白吞没着视野。只有这棵信号般的大树,牢牢地挺立在天地之间，沉默而宁静，喜怒不形于色。

我们捧起两掌，为北庄也为自己祈求。这一刻度过得实在而纯净。我一秒一秒地、恋恋地送走了它，然后随着老人，低声唤道："阿米乃！你容许吧！"

声音很低，但清楚极了。树梢上嗡嗡地有雪片震落。我抬起脸，觉得雪在颊上冰凉地融了。我睁开眼，吃了一惊：

原来，只只麻雀被我们的声音惊起，溅落的雪混入了降下的雪中。

我望着那些麻雀，还有那棵高矗雪中的大树，说不出一句话来。过了一个时辰，我们便离别了北庄，离开时那雪更浓了。

祝福北庄

一

最初听得很模糊，有消息说，好像在北庄村里有我的文章。后来，有个兄弟在电话里又说，他听人讲，在北庄老人家的墙上贴着我的一个散文。

我闻言心中吃惊。老人家的宅院，是究里的深处、是大名鼎鼎的门坎；我的浮层文字怎会贴到那里去！但传言使我不安，我在电话里嘱咐兄弟，要他抽空亲自去看看，然后把情况仔细告诉我。

不多时回音来了。"确实，你那北庄雪景，端端地挂在老人家的正房墙上。我不多说，你看照片吧。我拍了照，已经给你寄去了！"

只是在看见照片的时候，我才明白事情的重大。我看到，那篇《北庄的雪景》被用电脑打印成竖排黑字，又被绫边挂轴，书法作品般地裱成了横幅，挂在老人家的道堂兼客厅的中央。我不敢想象——我那两三千字,我涂鸦的那个随意凡俗的小文,怎能挂到了那里!……而且那是穷乡僻壤的极地啊,那是伊斯兰的东乡!我在看见照片的一瞬,心中刹那空白,耳际嗡嗡轰鸣。

一时思绪还不能够梳理通顺,我只是意识到:这事于我又将是一次不可思议的经历。它如同又一次降临于我的传奇,使我猛然地淹没在幸福里。刹那间我不由得暗暗感赞。我明白:这是我的人生大奖,是我一生心血的回报。我知道它将永不磨灭,长久珍存在我的心里。

北庄老人家与我之间,十五年里,见过三四面。

在我独自寻求于一条小路的那些年月,他如一个遥远的山里传奇,伴着神秘的东乡语,吸引着还年轻的我。

后来我得以拜见他;那是一个大雪倾泻的日子,他披着一件光板羊皮大氅,如一个朴实的老农,坚持坐在下首。

头一次,当然他不会记住人群中的我。后来,谁知道时光流逝如此迅疾,随着我对浮层之下这一领域的深恋不舍,我不仅熟悉了大西北的礼性,更对这块风土,有了愈来愈专业的理解。

末一次我们见得匆匆忙忙。他来北京开会,拜会的时间,真的只够说一句赛俩目。下了友谊宾馆的台阶,握着老人温热的手我只觉得留恋。但是我万万没有料到:这一次我让老人家挂念了。接着就是文章被错爱的事。

一个念头充斥了我的大脑。

——要全了我的礼性!要亲自去道谢!

紧接着,这个念头慢慢膨胀,迅速丰满了:这必须是怀着一种举意的道谢。一个消息,对于我它是一个饱受劫难的民族的奖励——从天而降了。它如一个 1 字,如阿文字母表的第一个艾里夫。那么,我的答辞,我的道谢,也要包括信仰世界的解数。

我要在低低的坡下头就停了车。绝不能傲慢地让车开到老人家门口。我要进了门先要汤瓶净身,完成了最重要的事情再坐下喝茶。我要言谈举止如同毕业答辩一般讲究,不能人家客气我就不拘小节。学着以前看在眼里记下的西北礼性——抢着掀门帘让着出门,抢着下炕为长辈拾鞋。

东乡人都在猜想老人家的举动呢,要让那些庄稼汉感到值得。也要让那如此错爱了我的老人,获得一星半点——他从不追求的慰藉。

走着神不禁扑哧一笑。我突然联想到,在城里的文人堆里,怕没有谁说我谦虚。尺度规矩是什么呢? 我也闹不清楚。

二

七月的东乡,滚滚无边的黄褐,染点着层层的碧绿。是千万座疤伤累累的苦焦大山,到了青枝绿叶的夏季。刺目的视野,好像在无声地提问。是啊,怎么愈是穷苦的绝境,愈有这么旺盛的活力?

望着七月的黄绿,心里觉得不可思议。在老人家的庄户里小住的几天，沙目前邦答后，我喜欢站在门口，眺望海一般的山峦。

对这个庄子来说，我是个多么罕见的客。胸中升起感慨。虽是自己的身上事，却千真万确如他人在做。真的，一只无形的巨手一推，我站到了老人家的门上。

四顾荒山如海，远近一派寂静。从几个意义上来说，这里都是中心——它是一间讲东乡语的穆斯林最敬重的长者净室，它是一个地跨数省的大教派的核心场所，它是中国大陆的地理中心、是黄土高原的奥深腹地。

此刻正是西历的 2000 年，世间在上演着各式的活剧。为了领受一份情，为了致上一句谢，我越过了数不尽的山河阻隔，站在了这里。

老人家，这个词其实是双义的：一半是尊称，一半意指教门主持。当地人，从县委书记到娃娃妇女，都以各自的礼性，称他阿爷。这么称呼有一点阿尔泰语言的味道；我很喜欢，也学着喊阿爷。

与城里出没于座谈会的教授不同，他使人感到一种深度。坐在他的对面，我感到，自己在揣测一种实在透了以后的深度，在感觉一种朴素尽头才有的威严。

他仍是率领一群人，像举行仪式一般在门上迎接。我如同来前想好的一样，在下头就跳出车门，跑着上坡到达他的跟前。不错，这正是我人生的发奖式，在大西北的重重山岭中央，一个纯朴的人群接纳了我。就这样我拉住了北庄老人家的手，感动电流般袭过全身。他深陷的眼睛笑着，白髯在风中飘拂。他依然温软地握着我的手，神情似满意似慈爱，但并不能看到深处。

见了面以后，阿爷和我没有提及那篇挂在墙上的散文，一次都没有提到它。我只是偷空去那横轴下留了个影，像一个领奖的，不好意思又心里喜欢，偷偷地抱着奖杯留个影一样——毕竟太难得了。

次日礼罢了邦答，阿爷引我去脑后山坡，看了一个蓄水池。

水，对东乡的旱渴大山金汁银液一般贵重的水，已经到了家门口。一问才知道，原来写"北庄的雪景"时，我在这里喝的是窖水！听着吃了一惊，眼前仿佛闪过自己的影子。向着文明，时代毕竟迈过了艰难沉重的几步。即便比起我初来的那时，绕山引来的水，以及不再妄想的富裕，都缓慢地出现了。

阿爷的一生，宛如大西北穆斯林的缩影。幼年念经，青年负笈叶尔羌求道，五八年的白俩（bela，灾难）中，因莫须有罪入狱。

女人拖累着几个孩子，受尽了人间苦难。她苦熬着等，一年一年，直等到"四人帮"灭亡前的几个月时，她气力衰竭了，猝然倒下。只差几个月，没等到丈夫的平反出狱。

十几年浪迹西北，这种受难故事听得太多了。也许就是它们，扭转了我的人生。迪各尔之后，在北庄拱北，望着阿奶的那座小小砖墓，她差一步没有熬到新光阴。我心里难受得堵噎。

而阿爷却转身快步走了。

他惯于不多描述，对历史只讲一遍。感情更不流露；转头就走的他，像是不愿纠缠这个话题。环绕着拱北，矗立着东乡疤痕累累的大山。满沟满坡，活活刻着百姓的心伤啊，如此不平令我难忍。

但是前头走着的阿爷沉默，坟里睡着的阿奶沉默，我也只得沉默。是的，难忍的经历积得多了，就成了深深一个忍耐。

有人问：您走北庄去干个啥呢？我的回答各式各样：去深入生活结合民众，去浪一个耍一趟，去沾个白勒克提（barket，吉庆）……对世间，我算说不清了。哪怕对自己人，只要火候仅差半分，我也难以解释。对着这片接受了我的大山，来到这穷乡僻壤的极地，我有满腹要说的话，也有无法讲出的话。

顺着山里的公路，我们随意散着步。

初来时触目惊心的大山，此时看来柔和些了。像是个难得的年成，农民们星星点点蠕动在高山深壑，在块块破碎的洋芋地里忙碌。

时而驱车，多是走路，散着步身心彻底地松弛了。仪式之后，险峻的风景也变了：如今它像是自己的。心中摇荡着富足的感觉，我信步走着，看看旧日的窑洞和遗址，看看大夏河的台地。

山里的冷夏，使疲惫的人得到了调养。

三

若是能重生一遍，我猜我能当个不坏的塔里普（talibu）。塔里普就是经学生，西北称满拉，东部叫海里凡。因为我从小喜欢学习;长大后学得多了,愈发止不住地企图向本质的领域求学。只不过——同时把学问和人间、知识和信仰浑作一体;同时要求着人生实践和读懂书籍的、所谓两弓一弦境界的"学",怕只在这个领域。

可惜只能留待来世了。如今,每当我在这个世界里遇到了有真才实学的人,禁不住想向他打听上一二句常识的时候,总得先摇着手声明:"我可是瞎汉(文盲)! 说错了您不骂!……"

顾虑万一失了分寸,住定以后,我不多去阿爷的正厅纠缠。

而阿爷,似是来待客,又似要深谈,常到我歇息的屋里坐坐。那些时候,我清晰地意识到这是难得的求学时间,但更经常任它静静流逝——与如此长者的言谈分寸,简直是艰深的艺术。

有一种文化讲究"腹艺",即追求默默不语中的交流。与北庄老人家对坐闲谈的时候,我觉得似乎出现了这种交流。

七十多岁的阿爷是个慈祥老者,但他出言简捷,而且话语极少。以前觉得,老人家的脸庞那么美,而后来又觉得,他那美好像正融化成一种慈悯。这一次,我觉得他变得更大了;形容的美,眼神的爱,都变化成一种敞开的朴素。他不爱絮叨旧事,也不愿担忧来日。无论对眼前或身后,他似乎都怀着一个决意。但凡此世的事情,就是他淡漠的事情。

他深陷的眸子瞟过来看着我时,我感到,他像是向我探询一个遥远的、不知在哪里的话题。我应答不上,但我肯定地点了头。……宝贵的、价值千金的时间啊,就这么在默默无言中流淌过去了。时间好比流水,把送给我的信息哗哗地笔直冲来,它们淹泡着、冲刷着我的肉体,使我身心浸透。但我并不能点滴吸收,洞悉全部。

我恨自己的根基浅,不能参悟所有一切。能悟到的只有一点:我明白眼前发生的一切的贵重。我只能暗自地、一刻刻地数着时间,体会自己度过它的感觉。

对教门和神圣领域的话题,我只听不问。

关于遥远的叶尔羌,以及他年轻时的负笈远途,我们只粗略地说了几句。幸好我已不是初学。在血染的大西北,在一个个村庄,入门的课程已经过了。现在深一层知识的学习,需要通过参悟。

我习惯了交流,而不多通过言语的交谈。也许,修身和功炼,就这样渐渐成形了。关键是什么? 我似乎解决着这个问题,又似乎不断地和这个质问相遇。

裱好的那《北庄的雪景》,一直挂在正厅。确实后来我们再也没有言及它。只是一次忙着去哪儿,一回头猛然见深沟陡壑的大山,像要踩着脚跟一样就在背后矗立——刹那间我的心头滚过一阵颤动,不禁想:不知这一个我,和屋里墙上的那一个我,究竟哪个是真的。……

日影黯淡,晚暮来临,地平的连山变了深色,沙目的时分又到了。

望着阿爷的朦胧面影,我心里漾动着惋惜。短暂的小住,眼看就要结束了。可是对我,以及北庄的后来人来说,关于未来的疑问毕竟是尖锐的。我还是问了他对未来的看法。

阿爷说得简短坚决。落日霞光之下，他的神情使我永生难忘。但是我不得不写得坦白：恰恰在最要紧的这搭，我没有句句听懂。

我无法用笔转述。就连感悟，也多是自己的思路。总之，他早把一切置之度外，包括一切究里的、责任的、传统的大事。就像当年在冤狱把一己的安危性命置之度外一样。他早把一切托付给那冥冥之中的伟大存在，他坚信，如信仰一般地坚信。

从那间小小净室出去的时候，我们都轻提慢踏，一个个悄悄地离开。只剩下阿爷一人，久久地独自面壁跪着。偷偷瞥过一眼，他的侧影一动不动，美好而平和。沧桑结束了，他正享受安宁，正沉浸在一派纯净之中。

我踏出门外。头上是繁星璀璨的东乡夜空。高原如黑暗的怀抱，温融地四面围合。

塔里普的学习就是这样，进了寺不管八年十年，反正要念罢十三本大经才算完。我呢，我本是来领取幸福和荣誉的，可我不知不觉却又把享受当了课堂。而学有学的章法，不管你能吃透几分，十三本已然翻过了一册。

知识、火候、情感错综渗透，如夜空的星月浮云。每一颗星都那么闪烁难定，如同课程刚刚开始。是的，对如此的一册一页，我还要耗费更多，才能触到全部。

突兀想到了鲁迅。他俩相比的话，也许阿爷是幸福的。东乡大山在四下卫护，没有谁敢上这儿扰乱。银河临近得伸手可触，月亮静挂在中天。好像它们正散出无限的银辉，在这样的夏夜，安慰着北庄。

其实，或许我也算久经阵场，但是这次离别不知为什么，居然那么揪动心肠。我孩子一般总想着这怕是最后一次了，别人还没怎么，自己心里先难受起来。

北庄拱北对于我，更多的是一个与底层民众盟誓的式场。有"雪景"那一年，我连阿布黛斯都不会洗。我只是对那株白雪地正中的、墨绿的分杈柏树印象深刻。那时它浑身披满了白雪，一尘不染，一痕不留，沉默着矗立在茫茫的雪山中央。如今呢，即便在我一己的身上，也是如梦的沧桑。北庄，我能够这么离开你么？

走那天，送的人很多。书记和县长想顾全礼性，所以都来了。我本来想象的、在离别一刻可能体验的——北庄的仪礼，动人的都瓦，成了一个喜庆的欢送会。我有一个蒿枝沟的弟弟，闹着要我题字。还说："让他写！让他写！跑了今天再抓不住他！趁着在北庄老人家跟前，他不敢不写！……"恨得我咬牙。可确实当着老人家，我不好耍脾气。只好勉强写字。笔不合适，墨也太浓，纸更不对。第一笔下去就写坏了。

顾不上了。只能胡涂乱抹，哪怕为了围抱的欢乐气氛。老人家、三师傅、满拉们、书记、县长、司机、厨子，都围着看。

给老人家难道能七步诗么，实在写不出。编了半天，结果弄了个"清洁的精神"，字写得像小孩描的帖。这哪儿行呢，一着急，前头赶紧用阿文加了个 BismAllah，太斯米。接着给书记写了"与民众同在"，给县长写了"满目黄土如金"。直到给老人家的儿子三师傅写时，心才静了一些。我写的虽然仍然不是书法，但流利些了。纸眉上头先是一行的阿文：Amantub Allhikemahuwo，意思是让咱们在中国信仰，中间是一句心里话："祝福北庄"。

鱼游小巷

　　抵达这个城市之前我一直想着一句话：至少可以像一条鱼，默默地游过去，再默默地游回来。

　　这个表达，是我向一位蒙古作家学来的。我们访问万顷金波的草海之国蒙古，那时他们连夸奖一句成吉思汗，都会被克格勃收拾。等他们回访北京，在欢迎的宴会上，那位矮身材的喀尔喀人最后一个发言。他说：原来我打算像一条鱼一样，闭着嘴，只默默地去北京游一回。但是我听见你在大笑。张，我听出这是心里的笑声，所以我准备开口了。

　　——这句话使我感动不已，也使我学会了这个表达。

　　第一天我试探着问了一下。出租司机回答说：霍加阿布白克尔汗麻扎儿么？知道！

　　但我沉默了一会儿，对出租司机说："今天不去。"

　　我回味着那句经典语言。审时度势，我判断自己最好应该像一条鱼，默默不语地旧地重游。我已经这样从北游到南，游过了天山，游过了东干和哈萨克的地区。做一条鱼是奇妙的，我甚至喜欢这种感觉：久别的两个朋友相聚了，但他俩只默默对视一眼，然后擦肩而过，没有交谈哪怕一句。

遥远的喀什已被横劈竖砍地改建。也许是托靠了地理的偏僻，此地还是昔日风情。系铃铛的毛驴车，闹嚷嚷的巴扎儿，货摊上做礼拜的汉子，戴着褐巾疾走的女人。沙目时分，我站在一座高耸的寺塔下，眺望流霞把天尽头染得一片紫红。

但这座城市是具有魔性的。由于她的引逗，第二天我就忍不住了。坐上出租车，我大声对司机说：霍加阿布白克尔汗麻扎儿！……

正是毛驴车的堵车高峰。

我从夏利的车窗伸出手，抚摸着一只又一只毛驴的耳朵。一个个活灵灵的儿童，一个个须髯鬈曲的老人，他们离我这么近。磨亮的铜铃铛，红绒球的驮鞍，擦着车门使劲挤过去。我估计这么挤，到那片朦朦胧胧的街巷要用上一个半小时。但心却莫名地兴奋，哈，还不如换一辆毛驴车！我喊道。

在一个理发铺子门前，出租车终于停住了，司机跳下车，跑到铺子门口，和几个看堵车的人交谈。一会儿工夫他回来了，领来一个戴白线编织小白帽的人。

我懂了。确实坐车是徒劳的。我下车，迎着他行礼，知道了他叫阿卜杜买买提："去霍加阿布白克尔汗麻扎儿的路，你知道吗？"

司机抱歉地拍了拍车棚，告诉我们："不远。他知道。他领路。"

我们跟着阿卜杜买买提，折过街角便进入了旧城，如几条鱼进入了中亚街巷的深潭。在一个雕花小门旁，几个妇女在闲谈。我们问路，一个嗓门高高、穿黑花坎肩的胖大娘指手画脚了一通之后，阿卜杜买买提领我们走进了巷子深处。

两边都是幽密的深巷，依偎的土屋，异样的木栏。阿卜杜买买提在前面走，他身板瘦削，步子却很大。我尽量追上他，想告诉他一点也不用急。

突然发现相机没有电了，走过一个维吾尔少妇开的铺子，她的一打子电池居然只要两块钱，但和她聊天有些不合适。继续走，几个儿童眨着水灵灵的眼睛盯着；还有一个穿长裙的慈祥老大娘，在井台边汲水边看我们。我真想留在他们这儿，可是，两脚却只能追着阿卜杜买买提。

又绕过了一个小寺，又转过了一个街角，诱人的生活水一般慢慢漾动，但是鱼却不能停下来。

阿卜杜买买提表情严肃。这维吾尔汉子戴着一顶白线小帽，头上沁出汗珠。离开雕花门大娘以后，他从一个涝坝边上，转进一条巷子。那是维族人汲水的涝坝，我照相时耽误了一会儿，收起相机已经落在后面。阿卜杜买买提在前面快步疾行，又转过一个黄砖贴面的小寺。

我追上他，又说起不知重复了几遍的话：

"霍加阿布白克尔汗麻扎儿……？"

"路嘛，是对的……"

他一连地说了一大串。他满头是汗，敞着灰白的夹克，脚步更快了。

终于到了一个地方。四周都是院子，令人懊丧的是都挂着锁。阿卜杜买买提开始轻轻地叫门。"……bama？……"没有回音。"……bama？……"他再叫，一声比一声高。奇异的静寂，默默地环绕着。

我安慰地对阿卜杜买买提说："霍加阿布白克尔汗麻扎儿……？"

我的意思是说，只要找到霍加阿布白克尔汗麻扎儿就可以了，我们不用麻烦主人，不是要和主人见面，只是到麻扎儿探望一下。

阿卜杜买买提急坏了。他倔强地回答："……霍加……麻扎儿……"

我活该。谁叫我这么多年不下功夫学维语。

我们听凭自己的脚，无精打采地走着。一个黄砖砌的小寺，又绕过一个栽着老树的涝坝。走着走着，突然看见了雕花的小门，穿黑花坎肩的胖大娘站在门口，正瞪着我们。

站在一旁看着雕花门胖大娘训斥阿卜杜买买提，我心里过意不去。但是缺乏词汇，我说不清我们只是鱼，只想在水里游逛。去那座麻扎儿只是为了到达、并不用找到麻扎儿的主人。但胖大娘不理睬。她显然是那种有指挥才能的女人，不管我的朋友阿卜杜买买提满头大汗，只管把他教训了一顿。

我找不到词儿，只能在一旁微笑。训斥还没有结束，一驾毛驴车驶过路边，胖大娘突然吆喝一声，赶车的汉子赶快勒住了毛驴。他们谈了一会儿，胖大娘就笑了，挥手示意我上车。我犹豫了一下。但放弃找麻扎儿多不好意思，于是糊里糊涂爬上了毛驴车。

铃声叮咚，车子掉头，当我们朝来路驶去时，我发现阿卜杜买买提窘窘地站着，目送着我们。我大叫着与他告别，而毛驴车已轻快转弯。

在那一阵快速维语中，一定是胖大娘主持了一切：阿卜杜买买提被罢黜，赶车的粗壮大汉接受了向导使命。

一路的风景重新展开。

我怀着对阿卜杜买买提的歉意，与赶毛驴车的黑壮汉子阿卜杜克里木问好、自我介绍。毛驴车轻灵地小跑着，不时有一个搭车的人一跳坐上车梆，不说去哪里，也不问多少钱。路过了熟悉的涝坝，又路过了黄砖的小寺。阿卜杜克里木走得一步不错。显然胖大娘讲得清楚，他也听得准确。可是麻扎儿锁着门，主人也不在家，而我们依然兴致勃勃地向他们奔去。忽然心中涌过一道热潮，不知是觉得感动，还是觉得忍俊不禁。

看见我独自微笑，阿卜杜克里木也憨憨地笑了。

"赛俩目阿莱库目？""阿莱库目赛俩目。""去霍加阿布白克尔汗是这个路？""阿布白克尔汗麻扎儿是这个路。"我们费力地交流，我们艰难地接近。我们是鱼，失去了美好的语言。我们只想默默游向你，我们只想和你们在一起。霍加的麻扎儿只是一个引子，只是系着我们的一根绳子。但是——领我们去吧！让毛驴车驮着我们，奔向锁着门的麻扎儿，寻找不在家的阿布白克尔汗吧！

又到了那个四合的空场。

又是那座锁着的门。又是敲门和没有回音。

我心里有一点好奇，不知阿卜杜克里木有什么高于阿卜杜买买提的本领。我甚至觉得这一天的体验已近尾声——难道鱼不是已经满足了愿望！不是已经在维吾尔的巷子里走了个够！……天色已晚，该打算一下去哪儿吃拉面啦。

阿卜杜克里木的表情严肃了。一瞬间，他和刚才的阿卜杜买买提宛似一对兄弟。他愣愣听着我的拉面邀请，好像我的这个简单句又说错了。他微驼着虎背熊腰，咚咚地走过空地，到了另外一个巷子。

那儿站着一个戴眼镜的文雅女人。一看就猜得出，她是一位女教师或一位女苏菲。她像早就等着我们一样，不等我们的黑壮汉子开口，便滔滔不绝指示一番。我们的驾驶员立即转身，我也跟着，回到空场找到另一扇门，一敲，门开了。

走出来一个看麻扎儿的穷人，那人真是一身褴褛。

他一言不发，摸出一串钥匙，走到角落，打开了一座锁着的破木门。

门开了，里面是一座古老的墓。

主角轮到了我。

是的，你这来自北京的东干。你不是要找霍加·阿布白克尔·汗·麻扎儿吗？现在你找到了。不要说我们维族人不虔诚，当着穆斯林却不知麻扎儿在哪儿。我们的阿卜杜买买提不行了阿卜杜克里木上，一定让你找到——不是霍加买买提汗麻扎儿，也不是霍加克里木汗麻扎儿，而是你从北京一千里路来寻找的、霍加阿布白克尔汗麻扎儿！……

瞧，我们任务已经完成。现在请你讲话，东干朋友！

我站在酷日晒裂的土坯墓前，半张破碎的草席铺在深陷的松土里。左和右，两边站着看墓人和车夫阿卜杜克里木。看墓人低着头，阿卜杜克里木神态庄严，站定后他们再不出声，静静等着我。我还无法猜透他们的深奥。我想哭但觉得说清这股泪水的词儿不够，如肌肤触摸一般，我真实地觉得：他们实在是太纯朴了。

于是我对着远逝的霍加阿布白克尔汗，念起了追悼的篇章。

天空上，一个白炽的太阳悬挂着。我一边念一边感到满意，今天的调子很准，维吾尔人会满意的。最后，大家都捧起手，表达共同的祈求——意识着一切要结束了，我心里那么舍不得。

握手，道别，再拉手，又告别，我们乘上了黑粗汉子阿卜杜克里木的毛驴车，向归途走去。暮霭已经罩住小城，日落的时分快到了。毛驴车颠簸着，我打定了主意：要拉阿卜杜克里木一块去吃晚饭，最好能把戴白线帽的阿卜杜买买提也找来。

远近的寺里传来了梆克声。这维吾尔的唤礼，简直是纯美的音乐！别看它来自阿拉伯，但比阿拉伯人的声音更悦耳。它一声飘去，远远传开，如同解释，又像叹赞。

我听得入了迷。

不一会儿车到了——一个雕花的木门前。

穿黑花坎肩的胖大娘欣喜地望着我们。她做着一种庆祝我们从麻扎儿归来的快乐表情，脸上如写着欢迎的字样。我还没来得及想出一个词儿，她已经一手掀开了帘子。

2003 年 10 月 26 日

面纱随笔

以前，我从未留心过女人的头巾。更不用说面纱——使我注意穆斯林女人头上面纱的，是一次无聊的中伤。有人说我主张女人全要戴头巾，抓革命促生产，禁止娱乐活动。我很吃惊，因为我不仅不可能有这样的言论，而且正兴致十足地研究苏菲主义，企图探寻挣脱教条束缚的思想和传统的源流。

波澜又沉降下去，中伤因为仅仅是谣言，也并没有造成伤害。然而我开始注意面纱了；从南疆八月的骄阳中走过，我望着川流不息的人潮，觉得每个蒙面的维吾尔女人都与自己有关。那真是一种奇特的感觉，当你正对着歧视的时候，你胸中突然涌起了为你并不赞成的事物，挺身辩护的冲动。

那是一个令人感动的夏天，我穿过四溢的明晃晃的银色阳光，钻进高插晴空的杨树林。浓荫下幽暗凉爽，心猛然静了下来。再推开漆蓝的小门，土坯花墙里面，葡萄架挡开的一方空间更加幽暗。阿富汗式的雕花廊下，摆着粗糙的宽敞凉床。再进屋，酷热完全被隔绝，凉快地坐在满地优雅的波斯连理枝花纹上，心情因为凉爽，莫名地变得愉悦。

然后就看见了她，蒙面的维吾尔女人。

那天她谈得拘谨。问到一些较深的知识，她便说，还是问阿吉吧。她穿着一袭宽大的黑绸袍，棕色的头巾垂在胸前，随着她的话语不住抖动。我能感觉到她呼吸的气流，被显然是高高的鼻子挑起的褐色面纱，在轻微的抖动中把一个个词句分开连起。

四壁和地上都是浓郁的地毯图案。汗珠在皮肤上凝住了，我不顾擦汗，怕扰乱那和谐的维吾尔气息。面纱隔开了我们两个民族；我想最好的做法就是平常地对着它的遮挡，若无其事地寻找我们两族人都喜欢的话题。

只有当我请求和她一块留影纪念时，我才提到了她的头巾。若戴着头巾，能允许我和您照一张相么？

这张照片如今被我珍藏着。画面上我戴着她的阿吉丈夫的有四瓣绿叶的小白帽，怯生生像一个进了叶尔羌汗王宫的青年。而她黑袍褐巾，胸前紧紧搂着一册巨大的红皮书。我的神情，她的蒙面，都小心地注视着镜头，认真地望着临近的瞬间。

离开后很久，我几乎失明了，视而不见地穿行在多姿的杨树巷子以及蜿蜒的土坯花墙街区里，我的视野里只有满溢的波斯图案，还有那神秘的蒙面巾。

一年后，我选的是稍稍凉爽的秋天，那漆蓝的小门又出现在我面前。

推开门时，我听见一个女声惊叫了一个词——仍是蒙面的她，身边有一个高高身材的女儿。

她急促地说着，飞快地给我们端来茶和馕，麻利地收拾着地毯上的东西。我看出她真的高兴了；因为我感到她要表达的，恰恰是无从表达的懊恼。

我是随着她的阿吉丈夫一块来的。不过这并非主要原因。要紧的是主人和客人中间蹿进来一只叫做信赖的兔子，它弄得我们都莫名地兴奋了。

可以大开照相戒。这回不用那么谨慎了。在廊下，在静谧的小院，在真正的天方夜谭的风景中，我们拍了一张又一张。她快乐地换了鲜艳的裙子和西服上装，褐色头巾在胸前一摇一晃。

阿吉激动了。是不耐烦转译的费时，还是他相信更直截的交流？他粗声地独自吟唱起赞主辞："俩依俩海——印兰拉！俩依俩海——印兰拉！……"

吟到尾音时重重地把头摇向左胸。他们的高身腰的女儿皮肤微黑，她不蒙面，发髻上束一条红花手绢，与银须飘飘的虬髯父亲，与褐巾遮盖的母亲各各不同。

当然吃了她俩亲手拉出来的拌面。这地道的喀什噶尔女人手制的面条，当然白细韧长，嚼着色浓味香。但是我觉察出他们生活的窘迫，拉条子端上以后，我在细嚼慢咽之间，发觉他们只是注视着。那么就是说，这精致的面食依然只供待客。

饭后，阿吉送女儿回婆家，戴面纱的女人急急倾诉起来。我们已经是亲戚，以后希望你们全家都来。这里你们已经熟悉了，你已经了解我们。这块衣料不好，但是请你一定带回北京，代我送给你的妻子。啊，若是我能够朝觐，那我也许会在北京看到你们……黄昏在那一天降临得那么迅疾，映在地毯上的庭院杨树的婆婆疏影，已然是渲染的黑色。她显然意识到时光的短暂，想尽量多表达一些。而我则只能点头。我不会给她讲述关于面纱的闲话，那会玷污这难得的一刻。对于我，如此一刻贵重无比，与一个民族的相遇，与一种传说的接触，眼看就要结束了。

回到北京已是岁末，我小心地包好了洗印好的照片，又包上了一本精致的国外印制的《古兰经》，用摹写的维吾尔文和汉文写好地址，给他们一家寄去。

同时寄出的还有几包，都是那一年在南疆结识的"一千零一夜"里的人们。仔细核对了邮政编码，亲眼看着邮局人员收下以后，我就不再操心。

礼貌已经顾全，更多的也再难做到。曾经想找民族学院的朋友帮忙，给他们写一封维文信，想想又觉得未必妥当。接着世事工作，人渐渐忙乱起来，心思便引向别处了。

如同默契，他们也都不再写信。

两个月之后，有一封信寄来。它夹杂在许多信刊中间，我不经心地撕开封口，习惯地向外一抽——

一帧她们母女的全身照片，拿在我的手中。她没有蒙上面纱，穿着一件新大衣，静静地站着，一双苍凉的深目注视着我。这是一位中年的维吾尔妇女，平凡而端庄，正如常常见到的一样。一瞬间我感到强烈的震动，心里一下涨起难以形容的感受。

我从未料到会有这样的结果。她的表达出人意料，她的行为背后的逻辑耐人寻味。她用摘下面纱的方式，传达了严肃的信赖。我凝视着照片上那典型的维吾尔脸庞，却觉得看见的是他们的心情。受到信任的惊喜很快变成沉思，我回忆着两年来的风风雨雨，回忆着我在她们面前的举动。一幅面纱掀起，那时的一言一语突然闪光，有了含意。

我把三次的照片并排放在一块，久久地端详着。我不禁笑了：确实，我不知道在露面与蒙面之间，究竟哪一种更美。

我只知道，能够体验这样一个始终，能够让照片编成这样的奇遇，是我个人履历上的一件大事。它远比那些出名得奖之类，更具备成功的性质。

是的，对于可以信任的人，面纱头巾可以除去。纱巾只是女人的传统，只是文明的传统，当你懂得尊重这传统的时候，纱巾就为你掀起来了。

1998 年 5 月

哦，神圣的树！

一

当那篇《幻视的橄榄树》写作时，我心里充满的是对西海固或新疆的干旱大地上、遍地栽满橄榄树的憧憬。对这个题目走火入魔的我，深知自己钻进的是植物学的未知领域，自然，对干扰这个梦想的种种因素都非常在意。

非逻辑的文学梦幻，依照着有逻辑的科学思路。在逻辑上我知道，西海固的橄榄梦将迎面的最大困难，无非是缺水与越冬两件事。

第一件，也就是缺水的问题，可以通过想象的滴灌或者渗灌来解决。而第二个难关，即越冬却不那么容易克服。每年一度巡视我们大陆的严冬，哪怕它年间只有一两个月，哪怕它最低不过零下十五度——对于不是只打算弄些盆景，而是要使广袤的荒山瘠岭披上橄榄绿装的、大规模山野栽种的热望——却几乎难以克服。

大陆性气候的铁一般的规律,使幻视无法甜甜地继续,使美梦渐渐被寒风吹醒了。

这篇散文得到过一封读者来信。对我来说,这是一封很特殊的来信。显然,渊博的来信者不仅读懂了我的散文,而且看到了越冬难题给我的烦恼。但他以一种科学的大家手笔,给我以支持鼓励。信文如下:

（前略）

读大作《幻视的橄榄树》深受感动。据我所知,"文革"期间我自阿尔巴尼亚引进一大批橄榄树,其中有一部分曾被安排在陕西省汉中市城固县,有成片栽植。倘您欲得此苗木,给城固县林业局去函,我想会如愿以偿。若能在渭河流域或陇东试栽成功,未尝不是一大幸事。但油橄榄原产于地中海沿岸,气候温和,属阔叶常绿植物,移至秦岭白龙江以北,可能有一定难度。但若像对待竹子,在北京(北纬40度)一些背风向阳的小气候条件下,也可正常生长。所以,也可以一试,便于驯化成功。

特致撰安

（某某）　2001.12.30

这封信教给了我一个重要的植物地理概念:秦岭白龙江气候线。我的西海固,以及我更渴盼一望无际的戈壁上满视野都是橄榄的新疆，都在这道天堑难度的秦岭白龙江气候分界线以北！

在清冷的醒来时分，我捉摸着这道题。

有时，我仿佛听见了茫茫的西北大陆上，无言的农民不说的话。其实移植，可能已经悄悄地尝试过。即便没有那些神圣意味，单凭它果实的可食与榨油的价值，古代的人们也会竭力对它追求。

他们并非没有试过，但他们无法战胜天定的分界。远在茫茫古代的移植，随着风鸣水流，早已逝去得无影无踪。今天我要强求白崖子女婿他姨父、我要把这使命强交给西海固的回族农民，是太难为他们了。

除了沿着秦岭白龙江的天堑实在难以飞渡；由于饱受中国封建文化的浸濡，回族农民们还缺乏一些——浪漫的热情。比如，只是因为读到《古兰经》上记载着那些树，就满怀欢喜兴致无限地、要在自己的家乡把它们种活的热情。

因为他们的伊斯兰教是在中国发展了上千年的伊斯兰教，比起经典记载的橄榄和无花果，他们更重视中国式的父母孝悌家族伦理。不像维吾尔人或马来亚人，他们没有——被伊斯兰全面提升了一个民族的生活方式的体验。所以，他们做不到像维族人那样，把生活的每一个角落，都尝试用伊斯兰的色彩装扮一新。

去南疆，把橄榄树的事，找维族兄弟谈谈？我已经开始盘算。

二

新疆与西海固不同。

他们尤其具备实践《古兰经》教谕的悠久习惯。立即拿起坎土镘，去试试把刚学会的那条"阿耶提"，变成家门口的风景——他们有这样的气质。从姑娘头上的小花帽到老人身上的恰祥，他们从头到脚都是"逊尼"。唉，哪里用得着我来苦口婆心，哪里至于党委为了推动种树、在文件的题头印上《古兰经》！凭着对新疆的文化掌握，我直感——在逝去的古代，只要有一丝希望，对伊斯兰感情深重的维吾尔农民，早就一边吟唱着经句，一边把《古兰经》中的一切植物，都尝试着种遍了。

本来不用我幻视和梦想，本来在南疆大陆，满目都应该是这些植物。

问题在于：那道气候分界线是不理睬人的感情的。我经历过"火洲"吐鲁番的冬季，清楚记得扫荡盆地的寒风。南疆的冬天，逼迫所有的植物都冬眠了。wo 提尼，wo 宰墩，这个 wo 是阿拉伯语的起誓词。《无花果章》的第一个经句就是"以无花果起誓，以橄榄树起誓（wo al-Tini wo al-Zaituni）"。在西海固，比如他姨父的庄子里，寺里聚礼那天不变样地就念这一章。在美丽的中亚讲着突厥语的那些人，他们也特别喜欢这一章么？

在发觉自己家乡的寒冬之前，在意识到这些神圣树苗怕冷之前，也许他们曾经掀起过动人的移植大潮。我总觉得，他们会怀着誓言般的心境，一边不停地吟唱，一边栽下一根根橄榄和无花果的秧苗……

突然我眼前一亮。

什么？提尼！我一嘴一个地说"提尼"！

这个词就是无花果。阿拉伯语写作 al-Tin，维吾尔语经由波斯语引进了它，所以按照波斯借词的读音念作"Anjir，安吉尔"。我着魔的橄榄树，其实记在《无花果章》里。他们在寺里念道："喔——提尼，喔——宰墩（以无花果起誓，以橄榄树起誓）"，但他们在生活中却说："啊，安吉尔"，这个小小细节其实含蓄丰富，因为人们可以从中品味波斯的含义。

只是橄榄树消失了。从喀什到吐鲁番，干旱苍莽的大地上，不见一株橄榄树。

我估计，若是他们如我猜测，他们一定曾经企图栽活两种树。你想，天经的一组两种神圣的树，若是绿油油地在自己的家乡成活了，该是多么令人欢喜。我又禁不住发生了幻视，甚至我逼真地看见——就在喀什噶尔，特别是在阿图什的郊外，人们曾把两种树并排地栽在一起。他们挖着土，低吟着那美妙的章句。但是插下的橄榄苗，在遇上第一个冬天的时候就夭折了。也许这一场移植的试验发生在更偏西的撒马尔罕或者布哈拉，发生在临近波斯的石国。跃跃欲试的欣喜，化作了伤心的失败。火烧的南疆，炎热的南疆，谁想到如此的南疆，对于橄榄树是一个不能生存的寒冷世界？运来的树苗和技术，甚至没有抵达喀喇汗朝、没有抵达阿图什的绿洲。橄榄的脚步，远在遥遥的波斯边界就停止了。

但是无花果不同。这第二种植物的命运，与它的姊妹树截然相反。

为什么呢？为什么无花果的移植却大获成功呢？它那叫做"安吉尔"的波斯名字，回响梭巡于中亚的天空。它成了阿图什的象征，它覆盖了南疆的所有绿洲，它充斥着夏季的所有巴扎，它种满了每一家每一户的果园！

我的脑子里，一道亮光细细地射来。

三

心里怀着这个问题，去年我又去了南疆。

在库尔勒的马赫麦特江家做客那天，刚巧是一个主麻日。我们先在果园里散步，密不透风的果园里，我开始和马赫麦特江老汉仔细讨论无花果树的越冬问题。

"到了冬天么？把它埋起来！……"马赫麦特江兴致勃勃地说。

"埋起来？怎么埋？"我连连问。那一瞬我兴奋得语无伦次。我的思路在瞬间跳跃着，如果需要埋起来越冬，更说明无花果不是本地的土产野生！

他高兴地给我讲解，我们在低矮的遮蔽了果园的无花果树下面，转过来钻过去。

原来到了冬季，他们就把树的枝条压下来，让它低垂到地面。若是枝干太粗，就用草绳和土坯把长长的树枝坠下来，再培上土。"土不用压得很厚，有这么厚就行了，"马赫麦特江比划着。在坠下来挨着地面的枝干上，大约压上二十公分厚的土。

"这么一来，它就不怕冬天了么？"我惊奇地追问。多么不可思议，又多么简单啊，居然就用这样的办法，无花果躲过了异地的严冬，从此成了果园的主角。

"到了春天，看，把土挖掉，再把倒下的树枝用棒子支起来。"我终于看懂了，每株巨大的无花果树，粗干的下面，原来用一排木头柱子支撑着。"接着它就伸伸腰，长出叶子，结下这么多的果子！"

马赫麦特江递给我一捧新摘的果子。我学着他教给的吃法，把无花果平放在掌上一拍。真奇怪，在以前游荡新疆的日子里，我怎么没有尽量享受它！今天，我要把在新疆二十年没吃够的无花果吃个痛快。咬第一口之前我先念道：bismi Allah（以真主的名义），又接着念了一声："wo al-Tini（以无花果起誓）"，然后一个接一个吃了起来。

马赫麦特江老人笑着连连点头。"是的，是的，wo al-Tini，安吉尔，提尼。"

吃饭之前，我们先去参加主麻。那是一个南疆小村的聚礼，炎热的骄阳在晴空照射，乡间的土路在绿洲穿梭。由于无花果，老人与我多了一种默契。我随着他，向人们一一致礼。简陋的寺，诚挚的人。当仪式开始的时候，我听见了《无花果章》。

维吾尔人随口而出的旋律，没有哪一种颂法能与之比拟。他们有天生的乐感。我似乎在珍惜什么，凝神一丝一分地欣赏。四周的农民们都肃立着，我觉得大家都陷入了倾听。一个沙哑的嗓音如诉如歌——喔——提尼，喔——宰墩……

不知是由于心里盛着放不下的心事，还是发觉这南疆小村的主麻日也和西海固的村子一样——诵读《无花果章》，我深深地感动了。那声音似乎在启示或召唤着什么，它纯如天籁，人的感受无法相容。

做过主麻回来，香喷喷的羊肉抓饭已经熟了。和抓饭并排摆在一起的，是两个巨大的盘子，满满的一个盛着无花果，另一个盛着葡萄。

也许在未来的人们会承认：维吾尔人用压枝越冬的技术，完成了植物栽培史上的伟大一步。我拿起一个无花果，在掌上放平，啪地一拍。没有非要种活它的热情，没有足够的聪明和韧性，今天就没有掌中的这个果子。本来该在冬季的打击下，试验就结束的。无花果的滋味是，淡淡清香中有一丝微甜。探究和感悟的余地还正宽广，不用我把这个题目做完。我慢慢咀嚼着，不知该怎样感叹。

四

弄懂了这一切的同时,我陷入了一种淡淡的、也是深刻的悲哀。

可能,我再也见不到那远溯《圣经》和《古兰经》的第一神圣植物、见不到使我梦系神牵的橄榄树了!

它的移植失败,在于它与灌木的致命区别。不是幻视,我看见了在冬季以后,那残酷的景象和人们的泪水。栽下的树苗冻死了,冻得又硬又枯。一个老人、一个酷似马赫麦特江一样的绿洲老农,皱纹纵横的脸上淌下两行浊泪。与它的姐妹不同,橄榄树不能压埋。它若长大了就更粗壮,人们对它束手无策。有什么办法呢?事情就是这样不给人以全美。在这内陆的腹地,人们只会像养育婴儿一样,压弯柔软的枝臂让它贴紧地铺,再用干燥的土,给它盖上一层厚被。但是这一招不能奏效,人们绝望了。

后来在香山植物研究所,我请教了一个研究植物分类学的院士。他当然没有我的心事,也不太明白我究竟想知道些什么。不过他使我明白了小乔木和灌木的区别。橄榄树,别看它也是用细枝插活的,但是一旦长大它就有了结实的主干。那树干盘枝缠根,异常粗大。谁能把它压枝埋土,让它躲避不仅是秦岭白龙江以北、而且是春风不度的玉门关祁连山以北的严冬呢?

姊妹树的梦想，被扫荡冬季绿洲的寒风吹散了。如同安达卢西亚一样的风景，如同摩洛哥北部鬐阜山区的风景，没有出现在新疆。至今绿洲的维吾尔人，包括马赫麦特江老汉那样的园艺家，还没有见到过橄榄树的姿影。虽然每逢他们念起《无花果章》心头就掠过一丝遗憾，虽然他们在南疆的每个角落，都种满了无花果。

启发他们的，我想是葡萄的示范。

远在伊斯兰的文明濡染这片土地之前，葡萄就已经在这里落地生根。葡萄同样是从遥远的地中海传来的植物，也同样是倚仗着一种不屈不挠，农民们发现了特殊的御寒方法。这个法子非同小可，由于压枝越冬的成功，先是葡萄使新疆大名鼎鼎，后来无花果更让新疆丰腴富饶。

从葡萄移植的运动中，人悟出了伟大的技术。于是中亚的文明奠基了。更大的文明波浪接续而来，无花果随着新的历史又定居新疆。本来塔克拉玛干不该停留在沙漠；本来从库迷什向东、从库尔勒向南、至少在每个绿洲朝四外延伸的数百里方圆，都应该是无限绵延的橄榄树林。本来新疆人应该用橄榄油拌老虎菜，摊子上摆着腌橄榄和杏干。而它毕竟与葡萄相差太远、而且不如无花果随和——所以它只能遵循另外的前定，而无法实现一个辉煌的理想——把新疆直到西海固，都装点得斑驳银绿。

五

《史记》没有记载这种植物。

被《史记》记录了的西域植物，只有苜蓿和葡萄。也就是说，当纪元前后的汉代，在中国从西域移入的瓜果植物清单上，没有无花果。

我饶有兴趣地观察新疆的外来果木，显然，还有过地中海植物东传的第二个浪头。

无花果在唐代移入新疆。自唐以后，这种果子就频频见于记载。《酉阳杂俎》卷十八："波斯国呼为阿驿，拂林国呼为底实。"前者无疑就是"安吉尔"（Anjir）；而"底实"，则可能就是阿拉伯语"提尼"。

读了一些植物志，无花果东入新疆的年代是唐代。这个年代诱人联想。因为在唐代的域外，正值伊斯兰兴盛的大时代。波斯在那个时代里，是伊斯兰在东方的枢纽。不久维吾尔就经由波斯全面接受了伊斯兰化；恰巧，那时的农书又记载了无花果的传来——其中的逻辑一脉相承，还能怎样解释它呢？

即便如此，我也没有说——无花果的西来，一定就是伊斯兰传入的结果。因为文化尤其农业的传播，并不以政治或宗教的传播为前提。它们是风吹的种子，是人类的本能接触与交流。

我只是说，我对新疆的理解提醒我——谁忽视了波斯的因素，谁就会视而不见；低估伊斯兰传入的文明意义，更会使知识丧失真实。

波斯语名称"安吉尔"提示了无花果的传入途径。是的，一切都经由波斯。早在公元637年，波斯已经变成伊斯兰文明的新中心。而大约在天宝十年（751年）怛逻斯大捷之后，伊斯兰文明就年复一年地、牢固地定驻于乌浒水和药杀河流域的广阔中亚。新鲜的文明之风强劲地吹来，熏陶着、包围着、叩击着喀什噶尔的土城门。

宛似风吹草籽一般的传播，商品、思想和物产的传播，最晚从这时起，突然变得频繁了。波斯的一切新品土产，都被活跃在香料盐茶之路上的驮商运来，推销到绿洲和农民中间。无花果的东进，不会晚于这个时期。

或者商人农民的心里曾记挂着《无花果章》，或者他们只不过为着交换和利润——总之，罕见的无花果，先是在集市上被吆喝叫卖，接着又被栽进了屋后的果园。当人们习惯了把果子放在掌上叭地一拍时——果树已经覆盖了绿洲，他们也已经头缠白巾。……

"喔——提尼，喔——宰墩"，等到无论老小，他们都习惯了这奇妙的旋律，等到大势已如叶尔羌的春水时，最后才有了汗王的宣言。就这样，一直到喀什噶尔完全伊斯兰化，没有出现过征服的军队。

至于说到十世纪的喀喇汗王朝——那时已经是移植运动的尾

声和总结。我想,阿尔斯兰汗从小就吃惯了清香的无花果,而他那位受到南疆妇女爱戴的土后,更可能早就知道了用无花果养颜。

谁都没有记住——

那一天,在土曼河的峭岸上,有些无事闲谈的喀什人,使劲嘲笑一个阿图什果园的园丁。那憨厚的园丁不屑和他们争论;因为他来喀什,是为了找一个塔什干老人。他激动得声音颤抖,把秘密告诉了这些闲汉,没想到却招致了他们的哄笑,以及只有城里的巴扎商人才说得出口的恶言恶语。巴扎使他们变得多冷酷!他们已经忘了对奇迹的恐惧……阿图什的园丁脱身走了,他跑向老城深处,去寻找那个塔什干的白髯老者。

正是听从了白髯老人的劝诱,他在冬天开始之前,把安吉尔和宰墩的幼苗都用土埋了起来。一连几个冬天,他都坚持这么做。每逢冬天过去,他就用坎土镘刨开土,寻找希望。但是每一年树苗都死了。昨天他又刨开了去年的土,他的眼睛幸福地看到了奇迹:安吉尔活了,甚至在土层下面长出了两片嫩绿的新叶!……他跪在那株"安吉尔"面前,流着泪赞颂创造奇迹的主,又捧着冻死的"宰墩"树苗——白胡子老人曾说,从这种树的果实里能榨出最好的油——发誓一定要种活它。

他见人便想诉说衷肠,但是堕落的人不信奇迹。

后来的事就不用说了。喀什噶尔大绿洲整个都成了果园;而阿图什,成了世界上种植无花果最出名的地方。

　　　　　※　　　　　　　※　　　　　　　※

　　最后的徘徊，是在喀什噶尔城的乡下，在离阿尔斯兰汗的王后陵墓不远的柏什克染木果园里。

　　无花果伸展着长臂，一排排的粗木棒支撑着，枝干上果实累累。我们拨开粗糙的叶片摘下青黄的果子，肥硕的叶片，使人联想到——夏娃以无花果叶为衣服的传说。

　　南疆的烈日在天空燃烧着。不知是气流声还是叶子响，果园里传动着一种沙沙的动静。

　　那么对一切新疆的果树，都有再端详一回的必要了。红花就是被西班牙人喜爱的阿飒夫兰，石榴恐怕也有神秘的来路。至于橘子，它一定遭遇了和橄榄树一样的命运，所以没能在新疆栽培成功。它们都是地中海的礼品，莫名地含有神圣的意味。

　　沙沙的响动中，我听见了历史的足音。

　　无花果在这里安下了家，但橄榄树却默默退回了波斯。

　　——严谨逻辑的遵循，已经走到了终点。不觉间，我又恍惚跟随着梦幻的指引。

　　正是这覆盖了南疆的无花果，是它们互为姊妹、连理而来的见证。它们曾经并肩携手，从地中海的东南出发。它们曾让每一块种下了它们的土地，都充满和平的感觉。它们目睹了欣喜万分的农民喃喃念着那些章句，发动着更大规模的栽培热潮。只是，在干旱、苦难,尤其是寒冬难度的中亚绿洲上,这对姊妹树分手了——尽管无花果获得了伟大的胜利,而橄榄树却未能被栽培成功。

我体会着舌尖齿缝的滋味。新疆认识的分寸,支持着梦境里的思路。

风起了,满园的叶子一齐摆动起来。我站在飒飒的浓叶密枝中间,视野里,沉沉垂挂的果子微摇着,仿佛无花果在呼唤它的姐妹。

2004 年 6 月

校定于 2004 年 10 月 25 日

第三辑

四十年的卢沟桥

一

从未有过一次写作如这一篇,从立意一直沉吟,居然踌躇了二三十年。

它总得难合时宜。二十周年时就有了这个念头,但那时毫无谈论这个题目的条件。那只是一种蛮横的压力,逼迫的气氛在强人所难。那么我拒绝,我想,谈论它需要真正的畅所欲言。耐心等着时过境迁,我悄悄地做着准备。但就在几乎动笔时,新的更恶劣的话语环境又在合围。

人可以再次回到缄默,但心里的自责却在堆积。因为这不是一篇私人的学艺之作,这是一笔不能逃避的孽债,是一次赎罪。

二十年过去以后,三十年也过去了。如今已接近他含恨死去的四十周年,还是没有期望的气氛。但是我的心里一直印着这个题目,它宛如一个阴影或一个牙齿,啮咬着我的内里,使我觉得心事未完。在漫长的时间里，它似乎是我的一个莫名的陪伴，我的文字因他不敢狂妄。这是一笔作家的负债，不写了它，我不能获得安宁。

今天是四十周年的一个纪念日，我决心把它写掉。看来它永远也难逃不合时宜的宿命，而我也没有余裕太久地等待。

过长的腹稿时间，造成了思想的复杂。时至今天，我要写的已经和二十周年时大大不同了；已经有了更多的问题加入，同时事情也变得简单，其实要说的非常直白。

北京郊外的卢沟桥，坐落在被截流之后的永定河上。河滩地破败不堪，工业驱赶了乡村，满目一望荒芜。"文化大革命"中被命令迁出的穆斯林墓地，就安置在桥附近、一个风水恶劣的坡岗上。在一边，紧紧毗连着这片墓地的，都说就是北京市处决死犯的刑场——我想纪念的遇罗克，大概就是在这里，被一颗枪弹击碎了头颅。

二

已经记不清是 1966 年的冬天，还是在次年的正月。只记得那时街头驶过的宣传车上，涂着打倒反动的《出身论》的标语。接着在一份小报上读到了那篇长长的文章，印象是他们是另一派的敌方，属于压迫老红卫兵的思潮。

今天谁都知道：那是一个以家庭出身为借口，对人实行分类、歧视甚至压迫的时代。但当事者喜欢拘泥有利自己的细节；以家庭出身把人划分三六九等的种姓狂热，只不过横行了两三个月就土崩瓦解了。到了 1966 年 10 月，全国已是一派批判反动的血统论的怒潮。到了那个冬天，曾经骄横一世的老红卫兵正纷纷锒铛入狱，中央文革对"老子英雄儿好汉"做了富于理论意味的结论："他们主张的，是封建的地主阶级的血统论。"尤其当时江青夫人的凛然怒斥一直使我记忆犹新，甚至至今觉得振聋发聩。小报上印着她激烈的言语："他们自认血统高贵，精神贵族——什么东西！"

他的死，其实不是在血统论横行的八月，而是在血统论如过街老鼠处处被围追堵截的时候，突兀地发生的。

我在很久之后也没有弄明白：究竟为了什么，专政的铁拳会狠狠打了一面认真研究着党的政策和毛泽东思想、一面顺应着全社会对血统主义批判的《出身论》作者的头上。历史脚步在当时的具体痕迹，悖乎人想当然的估计。其实人早就被深刻地分类对待了。这是一种异化的迹象。只不过，不管是当时高人一等的一方，与感受歧视的另一方，都没看见社会这更深的一层。

在举意写这篇文字以后，我多次企图读到遇罗克的判决书，但至今也没有如愿。后来听说出版了一本悼念他的书，但我已经无所谓了；因为我更强烈地意识着的，不是枝节的解释而是立场的追究——毕竟我的双脚曾经站在那一边；在那一边，我们看杀或者加害，心情轻松，不假思索。

派别是阶级的一翼，这是当时流行的一句话。但当时的我们，没有意识到自己所属的、是怎样的依附权势的一翼。我们全然没有发现，唯独自己投身的它，沿袭着一种漫长的历史和阶级的腐朽，它隐藏着人的对他者歧视的恶秉，它是一种卑劣的传统，一种丑恶的遗传。

当然这都是今天说出的话。而昨天，跻身这一翼会有舒适的快感。哪怕在讲究精神的六十年代，附庸体制的快感是实惠的；即便少年的我们，也在本能中懵懂地懂得这些。

哪怕到了此时此刻，哪怕思想的认识已然足够，我也不敢说：若是那时头脑清晰，我就能一迈脚踏入泥潭。还有一个更大的主角叫做恐怖。众多的、被视为反体制的思想和行为，事先已决定规避那种遇罗克遭逢的恐怖。当年，就算意识到了这一边的不义，谁能说，他肯定会蹈火赴难，站到受辱的那一翼去！

抗议"歧视"的遗产，里外都满是苦涩。也许也正因此，它才显得那么宝贵。

这个潜入革命的母体、在1966年突然成了精的怪胎，好像生来就是为了对那伟大的时代实行玷污。我对它不能容忍。它那么肮脏地玷污过，连同我们对革命的憧憬、连同我们少年的热情。在日本出版的《红卫兵的时代》一书中，我讲述了自己的这种心情："随着自己的能力增长，我一天天一年年地愈来愈厌恶血统论。我觉得，它在我最纯洁的少年时代侮辱过我，或者说，它使我在自己的人生中有过因恐惧而媚俗的经历。我因此而极端地仇视它。"

那时的敌视是含混的。我并不懂，要迎对的敌人是对人的歧视。

一个印象浅浅地,但是镂刻着。在我淡漠的记忆中,一丝震惊像永远鸣响的警号。即使那时还不谙世事,即使当时身处与他对立的营垒,即使后来听说他还触碰过更大的禁忌,我仍不能想象:那篇文章的作者居然会被枪决。

三

前些年看多了善人们的忏悔表演。那些沉思冥想的作态不值一文。我想,真的忏悔并不用词语表示。它远比人想象的激烈得多。它是一种宣言和战书,是自寻死者的风险,是踏上死者的立场。死者不需要道德文章,但他们渴盼有人继续他们的奋斗。

我不仅不认识遇罗克,甚至不熟悉他的故事。他于我只是1966—1967年的那个印象,如一个陌生的符号。但我知道,没有谁能如他,数十年如一日在我的灵魂暗处,一直凝视着我。

不消说他若活到今天,无疑是一名作家。那么多不适当的人都成了作家了,他怎么不能呢。但他倒在卢沟桥边的沟壑里,只留下了《出身论》。不能把这篇在苛刻语境里写下的文字,视为他表达充分的遗作。他留下的遗产,是拒绝对人歧视的立场。

多年来,在无人知晓之间,每逢踏出关键的一步,每当面对思想的抉择,我都感到与他发生了对话。因为对人尊重或歧视的命题,并未因为祭坛上有他做了牺牲就已然结束。也许正相反,在更大的范围内，这个冲突愈演愈烈，它对知识分子的要求，在他惨死的几十年后日渐尖锐。

敢于反抗歧视，决意与被歧视者站在一起——在歌舞升平的此时，如招人嗤笑的一种怪谈。但它又确是知识分子优劣的标尺，是戳破伪学、伪文学和取媚体制的伪知识分子的利器。哪怕恰是那些人，多把遇罗克挂在嘴上。

我想，若是对死者的悼念，只是替换成新形式的歧视他者，则卢沟桥的冤魂就只能抱恨了。那至少是对逝者价值的轻慢。但是不会，死者的强大启蒙不会允许，四十年前他殉死的刺激，宛似大地上撒下的种子，只要遇上气质类近的人，种子就孕育胚胎于土壤，早晚破土而出，发芽抽枝。

在如此沉重的一篇文字里涉及自己，首先会使自己感到不能容忍。但是，当我在八十年代末，看着自己的双脚走在贫瘠的黄土高原上的时候，我确实感到过一种踏实。因为那时我的心里似乎掠过了一丝欣慰，我意识到：也许我可以面对那位陌生的死者了。和一个受到曲解、歧视、压迫的群体在一起誉毁与共，尽我微薄之力，还他们以尊严——原来这就是我苦求不得的形式！这就是我的忏悔，它更是尖锐的挑战。我忍不住莫名地兴奋，再也没有走得犹豫。因为我相信，这种位置和处境是能经受住遇罗克的审视的，它远比那种欺世骗人的忏悔作文更具意义。

我不知道，我有时忍不住想对他说——当气质类近的人真的走来，真的选择了被歧视的一翼、真的加入了低贱者的阵营，甚至也赌上人生直面着卢沟桥的风景时——是否就完成了宿罪的清算，是否就做到了对他的告慰。

四

悼念也不是虚伪的赞美。有时候，思想的试炼，即便对死者也不会放过。这是一个有点苛刻、但饶有深味的话题。不止一次，每当念头集结到他身上的时候我总禁不住想：若是他活到了今天，他会走到哪一边去呢？

他在自己的早期思想之上猝然倒地。他完成了自我，没有再面对以后的一系列历史拷问。然而继他而来的人必须正视这些，因为历史不会原样重复，他反对的特权与歧视，会不断地变幻旧貌新颜。我们想念着以前的他，选择的却是纷杂眼前的路。

记不清多少次和旧日的朋友谈到过他。我试探他们对这件事的心思，想知道他们是否也心怀负疚。因为他们中的一些人，也许该对他感到更多的责任。但是人大多习惯了活得轻松，一如他们也并不觉得应该对巴勒斯坦的受难、对阿富汗或者伊拉克的亡国、对伊朗的遭受威胁忧心忡忡。他们不同意六十年代的中国教训之一，即对人的歧视乃是一项严重的罪恶；正如他们不同意——新帝国主义的世界控制战略与阴暗的他人歧视思想互为表里；他们反对——今天对新帝国主义的抗议，是正义知识分子的人道原则。

遇罗克会怎样分析每天流过电视屏幕的、严峻而恐怖的现实呢？他会怎样坚持自己抗议歧视的思想呢？我们无权这样追问死者。但是，义确实存在着对民主本质的追究。强加给人类的不尽的艰辛和流血，要求着一种思想的进步。

我们已经看惯了一些所谓斗士，从民主的火线突围，却钻进了帝国主义的裤裆。尽管历史已几度周折，帝国主义已几次撕去民主的面皮，但他们却依然老经旧调，既没有清醒地分析大局，更没有反省自己的生存——由于他们系前途命运于帝国主义之卵翼的存在方式，他们的启蒙，被启蒙的本质否定了。他们呼天抢地扮演的悲怆角色，已经变质为帝国主义正当性的注解。

遇罗克与他们之间，存在着不易察觉、但是区别巨大的不同。我以为这一强调是重要的：遇罗克民主思想的核心，是抗议对人的歧视。回味这种色彩和立场，它悲哀而坚硬，它属于漆黑的下九流，无缘附庸上流的精英味。他写过的那部作品，只是被践踏污泥的、卑贱一族的争辩书。这种归属，本质上反叛着上述的"豢养"，甚至与强势的世界不能共语。被歧视的卑贱地位，可能养育一种深刻的尊严，也可能导致更可悲的下贱。对他的思想所处立场的留意，使得我总想窥见他的来世。

作为他的承继者，我们今天面对的，是变本加厉的各样歧视。对人的歧视并没有随着上个世纪的结束而收敛，反而从新世纪降临伊始，就大肆地全球蔓延：对弱者、对少数、对他者的权利、对贫瘠的第三世界、对不同的文明。从民主渴望开始举步维艰的启蒙，又悲剧般迎对着侵犯和抹煞他者文明的神圣十字军同盟，正如迎对着当年神圣的"阶级路线"。

　　每年几次，凡是去卢沟桥墓地的时候，我总是顺着老人的指点，试图寻找那个地点。隔着一簇簇穆斯林的土墓，隔着一条土路，据说就是枪毙犯人的刑场。他是倒在这里么？他是被打在头部么？忙着自家的扫墓，想着他的故事，我的周身掠过异样的感觉。距离危险和残酷居然这么近，这不能不使人联想怪异。

　　无论如何，他的故事所挟带的血腥，使追随的人心怀紧张。卢沟桥原貌未改，仿效他危险而困难。我们是在空隙宽阔的时代，重温他的遗产、并决定要走他的路的。歧视似乎远远淡去了，也可能正乌云般啸聚，加紧其全球化的过程。比起他，一切都没有多少改变，甚至失去了思潮的拥簇。不过这不是一个非要劳神的题目；道路自会引领着人前行，弱者和英雄，当他们在走向卢沟桥的时分，结果会相差得很少。

　　谨以这篇小文献给遇罗克的冤魂，并纪念红卫兵诞生的四十周年。

写于 2006 年初秋，

红卫兵诞生四十周年纪念之际

越过死海

——在巴勒斯坦难民营的讲演

亲爱的巴勒斯坦同胞

我的亲人们：

我出生在 1948 年。

我不知道——就在我出生的那一年，绳索突然断了，世界歪着倒塌，巴勒斯坦失去了正义。就从那一年起，巴勒斯坦和平美好的家园，突然被占领、被屠杀、被殖民主义蹂躏。1948 年——我不知道，自己和那些被驱逐出家园、被夺去了土地、在苦难的难民路上呱呱坠地的婴儿们同年。

但是从小我就记得：在中国，在每一个国庆节和每一个元旦，中国都要发出"坚决支持巴勒斯坦人民收复家园的正义斗争"的宣言。它从未改变，年年如此，这个宣言，这个声音，伴随了我的少年时代。这个声音像母亲的乳汁，成了我的教育的一部分。我虽懵懂未开，但记住了巴勒斯坦这个名字。巴勒斯坦！你使整整一代中国人感觉亲近,并且认定了你们是我们的亲戚。

今年我已 64 岁。恰如你们被剥夺了家园 64 年。

但是,哪怕占领已经 64 年,撒旦并不能认为撒旦的世道已经成立。64 年的时光,使我渐渐懂得了——要与真理同在,要与忍耐者同在。

64 可能是一个奥秘的数字。生命——哪怕它已不年轻,也许它就是应该在第 64 年的时刻,奔向苦难中的忍耐者,奔向正义的现场。

这是一件天授的使命,谁也不能阻止它。

亲人们,我不是一个富人,我只是一支笔。

这支笔顺从了前定,接受了一个中国的穆斯林共同体的委托,写了一本关于他们的故事。

当这本书最终完成的时刻,我和我的家人以及挚友的心中,产生了用这本书的收益,援助巴勒斯坦亲人的举意。

一旦听到了"巴勒斯坦"这个名字,一旦知道了我们要发动一次对巴勒斯坦难民的援助,在中国的一隅,发生了动人而且热烈的反响。

不仅中国穆斯林,很多优秀的知识分子,都把这一行动视为天赋的道德与义务。他们拿出辛勤劳动的收入,作为一种正义的表达,送到了我的手里。

北京有一个靠社会最低保障生活的贫苦老人。他不听我反复的劝阻,坚决拿出 1500 元人民币加入行动。他一手抱着书,一手握住天课，照了一张照片。对我说："这笔钱跟着你走！这些天，只要一想到巴勒斯坦难民，我就半夜里哭了起来！"他已经几次生命垂危，但我知道，不等到我把他的心意送到你们手里，这个90岁的老人不会闭上眼睛。

还有一位穆斯林企业家，他出资帮助印书，却决不接受还款。他说：这些钱是我的天课，是我对安拉的承诺。

我的感动不能以言辞表达。我初次懂得了"天课"一语的含义。

作为一定要把这笔沉重的天课 yed bi yed（手递手）、一直放到巴勒斯坦人手掌之中的承诺——这本书，成了一种纪念，也成了一种凭证。

人人都知道，撒旦在通往亲人土地的许多关口，都设置了死亡、战争和其他障碍。在出发之前，我听见了天空中的一声呼唤：

难道你没有看见——天空中那些自由的鸟儿，它们噗噗的振翅与敛翼吗？飞过去！越过那封锁的死海！

我清楚地听见，鸟群在整个天空四野，不停地发出震耳的呼唤：

al-Adāl——正义！al-Salām——和平！

鸟儿排成一个词首的 J 字，如同一个疾飞的箭头，飞过沙漠，越过死海，向着巴勒斯坦，向着忍耐者的难民营。

亲爱的巴勒斯坦同胞，中国人的亲人们：

我的话已经讲完，我的任务也已经完成。此刻，请接受这一点点心意,并接受我们从中国送来的祝福。钱属于造物主,它只是经过我们的这只手,到了你们的那只手上。我们只希望:不要因为接受这一点小小的援助,而伤害了你们高贵的自尊心。

巴勒斯坦的命运,不,不会这么可耻地结束。

我们坚信真理——像坚信他的一切美名——不管再经过多少年,只要人还信仰正义,一切隔离的壁垒都将被拆除,一切殖民主义的战火都将熄灭,一切牺牲的灵魂都将在天堂的乐园里,得到无限的慈悯与安慰。

那时,我们将回到这里,回到你们身边。我们将回到贝鲁特和安曼、回到加沙和杰宁、回到黛儿亚辛,回到复活的巴勒斯坦。等那一天到来时,我们将高喊——和平属于你,巴勒斯坦!

我们将作证:巴勒斯坦——你作为区别过去与未来的标志,你作为人类尊严的里程碑,将获得永恒的生存。

2012 年 9 月 12—13 日
于约旦杰拉什与伊尔比德的巴勒斯坦难民营五次讲演

世界与我们的学术

一

在对世界的看法之上，三十年来中国的思想界一直处于激烈的分裂之中。与许多知识分子一样，我也竭力做着基于自己方式的摸索。这一过程是漫长的，包括向西班牙及日本寻找参照，更包括在中国的穆斯林传统共同体中的实践。结论的一部分，我曾以《人文地理概念下的方法论思考》《寺里的学术》以及《地中海边界》等文章尝试表达；而如果想把话题集中于回族与伊斯兰研究，也许就必须选择更直接的话语。

对世界的观点，何止与一个人或一份杂志，它与回族以及全体穆斯林、与伊斯兰的历史命运都紧密相关。今天这一思想问题已满涂着急迫的色彩。对以伊斯兰问题为核心的当今世界的观点，甚至远远超越了穆斯林的话语范畴，早就成了在全球化设置下挣扎的、所谓第三世界或南方穷国的最大关心焦点。

背景如此广阔且底色浓重,它每天都在改变着、压迫着、警示着世界的命运。命题的巨大映衬出个体的渺小。所以,在如此情势下一介中国知识人的观点如何、参与与否,其实除了意味着他对政治与学术的敏感以及人的质地之外,并无其他。

二

世界史正在熊熊孽火中撕开一页。未来会总结:我们正经历的此刻,乃是又一个世界史的分期线。

为了认识这样的今天,需要重新回头,梳理古典历史曾经的几个层次:

第一个分期线:1492 年。

在安达卢斯(al-Andalus)即伊斯兰西班牙时代,围抱着穆斯林的统治,宽容与多样的文明绵延达八百年之久。尤其在它的科尔多瓦(Córdoba)时期,以伊斯兰为标志的文明,曾达到世界文明的毫无争议的顶峰。

然而"西方"(它包括白种优越的种族主义、基督教原教旨主义、鼓吹圣战与征服等几个因素)的执拗的军事进攻,也延续了数百年之久。至 1492 年,穆斯林政权的最后牙城格拉纳达(Granada)陷落,八百年的历史活剧溘然闭幕。

若是没有在这个必须牢记的 1492 年与穆斯林首都被攻陷同

步发生的另一件大事——即美洲的沦陷,也许人们只能选择成王成寇的言说;然而,至今被美化为"地理大发现"的新历史所致力和造成的,是世界史上第一波殖民征服。

本文略去安达卢斯时代的种种,略去天下人才都聚于伊斯兰的绿旗之下,依存共生、创造文明的历史事实——只想强调:

不仅从那个 1492 之后美洲便沦入了屠杀、苦役、压迫、穷困的巡回地狱,几度濒临绝灭、再也难能逃脱;更重要的是,与穆斯林失败的那标志性一年相前后,一个渐渐开始名为资产阶级的新生魔鬼,也拍打掉礼服上的灰尘,踏着穆斯林文明的废墟,满脸胜利的笑容,正举起酒杯,庆祝度尽了劫波。从那时起,他们留意彼此携手,开始了作为一个阶级的正式发展。

自那一年始,古典的历史,被终结和打破了平衡。

一切评史论事的标准也随之改变。"不义"从此登台控制世界,并滑稽地把"正义"一词挂在嘴上。背运的倒霉路还前途迢迢,只是我们的祖先并不知道。从那一年开始,到中国知识分子思想对峙最尖锐的二十世纪最末一页,时间已度过了半个千年。对立的标志,是一部分知识分子在"9·11"事件之际宣誓"今夜我们是美国人";而另一部分知识分子则决心抗击以美国为首的帝国主义新一轮进攻——以一场昔日奴隶的内讧,我们纪念了东方的第一次失败、与第一片大陆沦为殖民地的五百周年。

第二个分期阶段:1699 至 1919 年。

在 1699 这一年奥斯曼帝国与"西方"签订了屈辱的卡罗维兹条约,时值世界进入十八世纪的前一夜。这一年之后,伊斯兰的奥斯曼帝国在西方眼里,已不再是艳羡又妒恨、憧憬更仇视的庞然天敌,而只是一头濒死的病狮。由于它的衰老,地球从此将变为"西方"的口中肉。

即便如此,西方心理的第一要素,仍然是面对伊斯兰的自卑感。伊斯兰代表的东方文明,不仅曾在军事上更在文化上曾压倒它的过去,以及穆斯林凛然的人格尊严——令它心有余悸。它绝不会因人道或共存之类谎言而留一丝宽容。它步步为营,千年大计,要制这一可怖的宿敌于怪圈和下风,使之无法进步、使之难以新生、并停滞于永远的劣势。

它从未放弃十字军主义的原因,藏在它行为思想背后的原因,须知:乃是那个坐大着的资产阶级。

伟大的奥斯曼帝国的衰落是一个历史过程。既可以把奥斯曼帝国第二次包围维也纳战役的失利(1683)作为标志,也可以把强加给中国一场鸦片战争的 1840 年当做断代线。但至迟至 1919 年巴黎和会,奥斯曼帝国昔日的领域正式被瓜分完毕——地中海的边界崩溃了。

过程终于归于结束,屠刀从此任意切割。从东方到南方,弱小民族再无屏障,堕入了俎上肉的受难纪元。

我们今天回顾,仍能清晰地看见:一千年来,穆斯林的领土一直成为一道防线,卫护了背后的亚洲、非洲和拉丁美洲几块大陆。

殖民主义一直无法越过这道防线，既不能突破东地中海的奥斯曼海军，也害怕马格里布——非洲北西部的摩洛哥王朝。

在森严的壁垒之前，殖民主义只能绕行。它绕过非洲西海岸的大拐弯，在穆斯林鞭长莫及之处建立据点。在那里绑架黑人，运到美洲，从臭名昭著的黑奴贩卖中牟利。

世界不承认；中国发昏的思想界更不承认——亚非拉和整个东方的万里长城，其实并不在晋冀陕甘以北，而矗立在穆斯林的地中海及其南岸。

而古代的守卫者倒下了。地中海一线的屏障，带着轰轰的响声，颓然崩垮坍塌。没有看见世界的同情，尤其没有听见穆斯林的叹息。

应该提及，导致奥斯曼帝国失败的一大原因，正是阿拉伯的狭隘民族主义。西方的"劳伦斯"们成功地利用了信誓旦旦的民族主义，引诱阿拉伯人背叛了伊斯兰的大义——当年种下的苦果，今日已三茬结实，正由每一个当年认可对奥斯曼祖国倒戈的阿拉伯民族分尝。

与那一次打败和肢解奥斯曼同时，世界母亲的胸衣被猛地撕开。遭受殖民主义屠戮、占领、敲骨吸髓和侮辱驯化的命运，降临到每一个民族的眼前。

历史正义曾以革命的形式对之抗衡。

古典时代结束后，俄国革命（1917）、中国革命（1949）、社会主义阵营的结成、殖民地的民族解放运动，都曾给资本以沉重的打击，至少阻挡了它的全球占领。也许1972年是这一历史正义显现的标志年，那一年连日本人都不远万里不惜牺牲，奔赴抗击殖民主义与资本征服的前线巴勒斯坦。以苏联为首的许多国家、团体甚至个人，都曾在巴勒斯坦与越南问题上表现出崇高的正义，与人的尊严。人们应当记得——每逢元旦或国庆，中国的报纸上都刊登出"坚决支持巴勒斯坦人民的正义斗争"的标语口号。

令世界扼腕叹息的是：血肉筑成的新的长城，又一次不幸坍塌了。

也就是说，人类还要长久忍受；距离资本主义的灭亡，尚需度过漫长的时间。

渐渐地世界发育成了一个洋葱头。自芯到皮，逐层由国际金融资本、军工生产为核心的经济、列强的军事与意识形态同盟组成。它在苏联崩溃之后，迅速整合为一个资本主义、种族主义、十字军主义、反革命主义的神圣同盟。

它的首轮打击，无疑对准了伊斯兰国家。每天注视着电视机的儿童都在数着：阿富汗、伊拉克、利比亚、叙利亚、伊朗、巴基斯坦……一个接一个的穆斯林国家，被摧毁占领，或拖入了战祸，如被赶入屠场的羊。

而它不仅仇视禁止高利贷的伊斯兰，资本更仇视追求阶级平等的革命。不消说中国——苏联即便付出了"忽喇喇大厦倾"的代价以求"国际接轨"，它却仍然不依不饶，一个包围俄罗斯的铁桶阵,每天都在日夜加班,施工营建。

它已经百无禁忌。它的头面人物甚至不再伪装道德,在酒店里追奸昔日殖民地的黑人女工。它时不时撕去伪装,但世界却迟钝而顺从。于是它随意指鹿为马,不打算再有半点节制。它从未如此坚信不疑,它断定可以实现对全球的控制、榨取与改造。

不仅只是针对第三世界或南方穷国。魔鬼的榨取本性,使得它如罹魔魇,如陷迷狂,吞噬自己的窝边草。今天不是从阿富汗或伊拉克,而是从华尔街传来一声呼救,今天是自私的美国人在朝革命的故乡疾呼道:"百分之一在剥削着百分之九十九!"

这百分之一,即操纵世界的资本。它制造一次又一次金融危机,它动辄狂轰滥炸,它恣意颠覆主权国家,它以不公正的国际法庭,审问政治的异端。

世界被玩弄于股掌。

纵观历史,这是一个不公平亦不道德的构造。

——我是如中国的右派精英所说,在煽动伊斯兰的原教旨主义和穆斯林的偏见么? 不,一切的是非取道,只因背后那个"毒蛇猛兽"的阶级。

三

话语的宣传战,也从此拉开了帷幕。

所有的课堂上都宣传着一个观点:由于土耳其的遮断,由于想取得香料，所以他们才向亚洲摸索，于是有了"地理大发现"。其实这只是一个很小的原因。更主要的原因，是在那时资本业已出现，资产阶级已然呱呱坠地。货币金融资本和高利贷资本需要大量的贵金属做新的奠基，在这样一个最大的背景之下，他们一定要开拓海外、掠夺黄金白银。目的之下，被决定的政治形式，是殖民主义。

以后——更多领域里的话语禁忌，和旨在欺骗的通说常识接续出笼。教育，由于它乃是对人的工作，当然被资本摆在了首位。伊斯兰，既然它是资本的千年天敌，无疑要对之实行千年的丑化。人类学、社会学、阿拉伯学、汉学，一系列新学科都随着西方妈妈的分娩，在欧美更在异国他乡带上围嘴，吮吸奶瓶，长成了大头细腿的畸形儿。在统一的战略之下，体制学术的积木，也被一块块砌入了新秩序的双子塔。意识形态领域里的资本宣传，如携带病毒的空气，扩散浸透了新闻、电影、畅销书、明星、诺贝尔奖，覆盖了地球上的一切角落。它从来硝烟弥漫，其激烈的程度，超过了美洲的黑奴贩卖、日本的幕末更迭、中国的鸦片战争，超过了我们的想象。

即便它们已获完胜，"宣传"却一刻未曾稍歇。世界规模的洗脑，随着资本的世界胜利，风刀霜剑，直至今天，一日紧似一日。

人们很难理解：为什么在革命的传奇领土上，孳生繁殖着如此众多的右派。"与革命孪生的人道悲剧"，确实是原因的一部。

但更重要的，也许是病态教育的基因。若干的名牌大学，若细数座座缘起不净。庚子赔款与大学建立，意味着一个民族甘受的双重侮辱，更暗示着一种奴性的基因，潜藏于近代教育的体内。

艰难沉重的中国革命，曾致力于铲除这种基因。但是随着革命的悲剧与退潮，它复活了，且繁殖迅猛，如今已变成了不治之癌。

强制的电视宣传已是煽动。再加上养育人才的大学步步沦为权力化的体制，一种自诩高等的谈学弄术，鼓舞着某一类知识分子的口气，日益显得傲慢。

他们附和的第一项资本的世界宣传工程，就是针对伊斯兰与穆斯林文明的调查、研究、"东方主义"式的描写，以及或明或暗的意识形态施压。

——在如此巨大的视野与处境之下，中国穆斯林知识分子及其思想承受的压迫与暗示，不言而喻。

自刘介廉时代就如幽灵般出现过的"生无同志、业无同事"的悲剧宿命，不休地变幻为团结的难求、奋斗的孤立、水平的低下。包括穆斯林学者在内的中国知识分子，尚大都攀登在谋求个人出世的台阶上，孜孜追求与霸权话语的同步。甚至不时能见到人格的变态，在天下存亡的时刻，或者弃大义于不顾，或者对镜贴花黄，滑稽地自娱。

——毋论对抗西方的话语霸权、实现文明主人的自我表述，敢请放言：且莫说赶超世界水平，莫若先努力追上1948年在第一时间即刻发动了对巴勒斯坦人民声援斗争的、中国穆斯林知识分子的胸怀、道德、组织力、行动精神,以及表达水平!

四

先哲云:天下兴亡,匹夫有责。包括穆斯林在内的每一个中国知识人,都必须思考自己在如此一盘世界棋局中的位置问题。

也就在这个历史时刻,从西到东,我们常发现从地球的一隅传来异议;到处都有进步知识分子的坚韧抵抗。我们应该与他们为伍,并尝试给他们以呼应。

无疑,掌握并能够应用迄今为止的、前人学术的成果积累和技术能力,乃是谈论学术的最低基础。但学术的"目的",才是最大的课题。尤其涉及伊斯兰教与穆斯林世界之学术,强调这一命题,并非只是为了发言权的获得。唯有出于对研究对象同情与理解的初衷,唯有获得了——支持正抗击着帝国主义全球进犯的伊斯兰防线——的立场,所谓伊斯兰学术才具备了基本的道德。

这是一项目标,也是一种修养。立场虽无黄金屋,立场自有资料库。依靠着深沉的中国回族共同体与伊斯兰文明传统,针对资本侵犯的学术抵抗不仅是可能的而且胜算在胸。我们的学术,应当朝着拒绝资本主义暗示与名利污染的理想努力前行,在自我树立的同时,再去谈论版本、资料、考证、选题,以及文笔的短长。

也许中国知识分子的状态,是一种被设计过的命运。

但是，辉煌的中华文明与伟大的伊斯兰文明，给予我们的内心以双重的支撑。我们能够舍弃名利的诱惑、习惯同道的背弃、不畏惧边缘化与妖魔化。我们能够更看重生命（Nafs）的尊严，既然生逢此时，至少不做思想的奴隶。

挣脱新帝国主义意识形态的全球控制，荡涤半殖民地知识分子的软骨病，从他者的参照系获得更本质的信息，联合世界上一切为正义与良知而斗争的人，深入文明与民众的共同体——

学术与文学，一定会赢得价值。我们的努力，一定能成为包括穆斯林奋斗在内的、中国思想链条中的一环。

本稿基于在《回族研究》创刊 20 年座谈会上的发言写成

2011 年 12 月 5 日

濯足街

第一回去西班牙游学，心思都在摩尔人的八百年历史，对当代的事儿，甚至名城大埠，完全没有兴趣。唯有马德里的一处小地方，却总是忘它不能：它叫拉瓦比耶兹（Lavapiés），意思是"洗脚"，好像有的书称它濯足街——译得不仅语含古风，且有一丝东方音色。

愈是地道西班牙的，就愈有浓烈的东方味。

那时还在见鬼的新世纪开始之前，移民并不像今天这么扎眼。记忆中的拉瓦比耶兹有一点陈旧，也许可以说有些破败？它连着数条从上方的底里索·德·莫利纳蜿蜒而下的窄巷，整个街区都顺着路，愈往坡下走，建筑愈古旧。

记得一家叫"Sol del Sur"（南方阳光）的店里，一杯咖啡120比塞塔，比实行欧元的今天便宜一半。柜台上有一大簸箩免费的花生米，一个长得像7号劳尔的黝黑汉子，独自一人站在柜台后面，把玻璃杯弄得震天响。店里还有三个午休的男人，他们在一张桌子上打牌,享受啤酒和大吼大叫。柜台上橱窗里挂着一排火腿;这是唯西班牙才有的风景——店主和几位绅士不会相信:此乃一种遗风,在举报清查摩尔恐怖分子的十六世纪,为表白自己的干净、与摩尔人绝无一丝血统与宗教的干系,他们的南方祖先曾争先恐后地、把这种异教徒禁忌的东西挂在自家门上。

我微笑坐着。我早已习惯。好像,就是为了习惯在咖啡馆坐在火腿下面,我才不远万里到西班牙来的。

在西班牙,若是有人问我做不做什么,通常我喜欢开玩笑说:"我是摩尔! 所以我不……(Soy moro! entonces no……)"

正在此时,店主劳尔问我了:"先生,不要别的了吗?"

想入非非的我把"我是摩尔"说到了嘴边,又费劲地咽了回去。因为那一霎我觉得:若是说了出来,没一个人会笑。

我站起来,推开咖啡杯,走出了这家店。

外面在游行! 一支游行队伍刚刚绕过拉瓦比耶兹的地铁站,朝我们走来。

拉瓦比耶兹,是老城的一角。这样的古旧街区有一大圈,像它们沿着的 2 号或 3 号地铁一样,随意地环绕着马德里。拉瓦比耶兹的一个地铁口,恰在一个广场上。

走上街道的我们,与游行队伍擦肩而过。我顺着路逆着人流,一个一个地观察他们。应该说,队伍里净是些平常人,但年轻人居多。那些年马德里的街头常有游行。像被磁石吸着一般,后来我们就跟着"看游行",一路走到了安东·马丁。一边走,一边问他们"反"的是什么。虽然经过翻译,队伍里一个姑娘的话我至今记得:好多年前的今天,那个刽子手死了。

终于我们明白:这一天是弗朗哥的丧日,游行是为了对他表达抗议。

游行队伍走远了,我们恋恋不舍,转过头来往回走。

又回到了濯足街。

突然看见,在那块地铁站牌上,就在 Lavapiés 几个西文字母旁,写着一条标语。显然它是刚刚被游行者写上的。突兀地读到它时感觉古怪,可怜的教育和知识背景,使我只觉陌生。但它如特殊的戳破,使人疼得一怔。

——十几年过去了。

我翻出发黄的本子,把这条笔记找了出来:

El fascismo es una actitud con que tú te comportas cada día.

该这么翻译:"所谓法西斯主义——它就表现在你每天的习惯中。"

再到马德里已是 2008 年,抵达次日我们去拉瓦比耶兹,想找一家摩洛哥餐馆吃饭。哈,别来无恙的拉瓦比耶兹!六月初夏的晴空,哗哗摇响的新叶!

从地铁登上地面的同时,我想起来了。

我东张西望,虽然心里明白:那条标语不可能还留着。

街巷楼屋，似乎毫无改变，只是不时走过一群摩洛哥妇女，推着四轮的婴儿车。甚至街角坐着几个福建人，细看是"青田二世"。

我的濯足街，它今天成了首都的移民窝！"南方阳光"已经门前冷落，换了摩洛哥小店鳞次栉比。在地铁的那个出口，升上降下钻进爬出的，是各种肤色的人。似乎他们没什么职业，却忙得匆匆不停。不过闲暇者也很多；不仅我，在地铁出口的广场，每张扶手椅上都坐着人。印度人，阿拉伯人，东欧人，中国人，黑人和白人，棕皮肤的拉美人。足球横飞，有几伙男孩在乱踢。女孩在疯跑尖叫，妇女们把婴儿车扔在一旁，语如连珠，过瘾一般陶醉在她们的闲谈里。

顺着石头台阶，我从地铁里走上地面，一边欣赏着广场上的小联合国。不意之间，我一眼瞥见了远远的街角。

——几个挎枪的黑衣警察，盘手叉腿，靠着一辆装甲车。他们并不掩饰，冷冷地瞟着这边。我赶快摸摸屁股兜，护照复印件在那儿。但还是走为上计，我慢慢地走向地铁口，觉得自己如潜伏的地下党。脑子里闪过"soy moro"，我不禁笑了。下台阶时瞟了一眼站牌；西班牙的滚烫阳光，照得字母凸凹鲜明。不用说，早已没了那句标语。

如今我痛感它的紧迫。一连十数年弃之脑后，没想到它一直徘徊未曾离去。西班牙人真是不一样，居然这样提出问题。"它就表现在你每天的习惯中"，若拘泥原文的话，它是"一种伴着你每天的表现的态度"——每天我们的习惯是什么？我们表现的态度是什么？

不消说，我的西语远不能对付这样的句子。几个新词都很艰涩，除了 cada dia（每天），我每天都说之外。

是的，"每天"，我们习以为常的每天，它使我沉吟不已。

再后来，虽然早已告别了它，拉瓦比耶兹却成了我的一处启蒙地点。我喜欢忆起那儿，仿佛正喝着一杯咖啡，一边眺望着濯足街，一边琢磨着那句话。等到它在眼前渐渐浮现，那一刻它笔笔清晰。

2009 年 9 月 1 日

西马龙，西马龙！

一

有时候，一个响亮的词，就会建立一个完美的形象。

我惯于每当听见一个有魅力的名字，就在那个瞬间想起一句话。那是幼年时看过的《游侠纳斯列丁》（其实该译成"游方的纳斯拉丁·阿凡提"）的台词："巴格达窃贼？好响亮的名字！"

——所以去年在古巴，第一次听说"西马龙"（cimarrón）这个词时，我马上不由喃喃出声：西马龙？好响亮的名字！

这个词似乎涂着色彩，带着一种人物般的气质，好似一个陌生的绿林大盗，一部传奇的主人公。

二

直到在古巴的第二大城圣地亚哥，在加勒比海滚烫的骄阳下，我们游览着，开始是不经心地、一步步走近了古巴的黑奴史。

有一天和谁聊天，这个词跳了进来。言者无心，听者有意，cimarrón! 于我而言它如一声爆炸。它满涂漆黑，响在耳际，挡住了路。它从此牢牢定居在我退化的记忆里，后来竟开拓了我的眼界。

首先这个词带有色彩："西马龙"是黑色的。当它响亮起来以后，这个词专指逃亡的黑奴，颜色也固定为黑色。其次，使这个词响亮的原因在硬度：鬼使神差，它攥着一把沉重的砍刀。

古巴的原住民在殖民早期就被屠杀净尽，为了填充劳力攫取财富，从大西洋彼岸绑架黑奴的发想，被文明分分的葡萄牙人、西班牙人、法国人、荷兰人琢磨出来。不同于墨西哥或秘鲁——在那里，印第安人的死刑是在矿井执行的：先是挖金子，后来挖白银，人在苦役中累死。而在古巴，白银是甜的——非洲黑人越过苦海抵达的地狱，是甘蔗田。

古巴的蔗糖，满足了欧洲的舌头，喂饱了资本的肚子。

蔗糖的昂贵如今已很难想象。这种甜白银究竟价值多少，可以从哈瓦那城至今都令人震惊的、豪华壮阔的气派推测。不消说，那大都会的地基是黑奴的枯骨，还有湮灭了的摧残、折磨、受难的故事。

但是，哪怕鞭打着黑奴让他戴着镣铐干活、也强迫他戴着镣铐睡觉，砍甘蔗时也总得给他一把钝刀。

在地狱里，工具会唆使人，把它变成武器。古今的奴隶，都是古典主义的儿子，都渴望用冷兵器与白人搏斗。那些突兀降临眼前、带来了不平与压榨并给人戴上镣铐的文明人，其实是名副其实的懦夫。他们胆小如鼠，从不敢对等地作战。所以，一把平头的甘蔗砍刀，鼓舞着西马龙诞生了。

在美洲的种植园里，在地球上开创了殖民制度和奴隶役使的文明白人，一靠火器，二靠走狗。

走狗又分工头和豢养的恶狗两种。狗是经过了特殊的配种繁殖的，听说有专门研究这种狗的著作。这种狗对黑皮肤特别敏感，残忍得出奇，只消主人一声令下它们就变成豺狼，扑上去食肉嚼骨，直到活活把黑奴撕碎。

当逃跑的黑奴决心一死，拖着脚镣举起砍刀——他就变成了西马龙。从圣地亚哥到关塔那摩，我听说了许多西马龙的故事。渐渐我悟出：从奴隶到西马龙的转变，本质在决意放弃一只手或一条腿。趁着恶狗咬住自己的肉体死死不放，把沉重的砍刀对准它的头，猛力砍下。

三

只要进入了绿林，西马龙就能活下来。密密的雨林里，出没着数不清的动物更生长着数不清的果子。在密林里黑奴不仅不再是奴隶，也不再是人类。他们从恐怖的人类社会逃出，在大自然的雨林里还原为动物。丰足的浆果、根茎、籽实、昆虫和爬虫、飞鸟和走兽,给他们以蛋白质和生命的营养。俯拾皆是的森林大树、阔叶藤蔓、岩洞石隙、兽穴鸟巢,给他们以歇息与遮蔽。他们隐匿密林,与世隔绝,啃着芒果,追赶蟒蛇。他们随时冒着拦掐多儿(庄园主的狗腿子)的枪弹,与恶狗拼得你死我活。他们等待着冥冥中的什么,日复一日,年复一年。

在贯穿了半个资本主义一个蔗糖时代的、黑奴的逃亡溪流中,不知有多少西马龙,再也没有离开雨林。他们宁愿沦为动物,也不愿再做奴隶。在收容的绿海里,在安全的非人间,他们成了林中的野兽,埋在密林的腐殖质里,骨头化作了闪烁的磷光。

不同于那些扮演受害者、并喋喋诉说不幸的人,西马龙——死在密林中的西马龙,他们不会再被书写,他们早就退出了表述。但他们真实存在过;他们才是这个罪恶世界的、真正有资格的质疑者和控诉者。在人类的遗产中,也许唯他们的心情,他们的遗恨,才最为宝贵。

也有一些西马龙不同。他们结伴越狱,在人迹罕至的大山深坳,聚类而居。这种莽莽密林里藏着的潜伏聚落,有一点像水泊梁山。但它不像梁山那样,与人间纠缠得千丝万缕。它只是在等待,当真理的援助来到时,西马龙就离开密林营寨,去和人类社会算账、去和人间地狱讲理。

果然,在革命来临时,西马龙的砍刀之外,添了步枪。另一个词悄然兴起,"芒比"(mambí)是西马龙出身的革命军,是独立和解放的主力。漆黑的肤色标记依旧,形象却变了荷枪的战士。

四

　　沿着一条大鱼般的古巴岛，一路走到了关塔那摩。隔着一步之遥，就是人类演习丑恶的基地。我站在这一边，用望远镜眺望，镜头里那些漆白的房子，使我觉得恶心。

　　一连几个小时我凝视着目镜，视野一片空白。我既无法看清同胞的受难，也不能目击极端的罪恶。我望着海天之际，大地空旷，四野缄口，世界宛如一个空空的骗局。

　　说时迟那时快，就在那时我看见，一个矫健的黑影，从关塔那摩口袋般的港口里一跃闪出，手里擎着一截砍刀。

　　西马龙！我失声喊道。

　　那个西马龙已经逃离了口袋，横穿了道路，跳跃在一株株大树之间，朝着出海口奔去。

　　我不假思索，拔腿就追。我的眼睛一眨不眨，一刻不离地盯着那个西马龙。我的心脏跳得疯狂，仿佛马上就要衰竭。那个西马龙活脱发了疯，赤裸的黑黑躯体，在丛林的浓绿里闪烁。他从悬崖上跃下，攀扯着藤萝，跳过了深涧。一个黑色的人兽，在骄阳下水流淋漓。

　　我看见从关塔那摩飞来一架直升机，突突突地逼近而来。

　　Hijo de puta！……婊子养的！我愤怒地大骂，朝天掷出了望远镜。突然那个西马龙撞过我的肩头，赤脚咔嚓踩断了树根。不知怎的我也呼啸一声，跳进丛林在腐叶碎石间撒开两脚，跟上他一道狂奔。他转过眼瞪过一瞥，如黑熊瞪着一双白眼。

我俩并肩狂奔，心脏快要跳出胸腔。肺叶呼呼作响，直升机就在头顶。他嗖嗖地抡着砍刀，劲头十足地朝天吼叫。高科技的捆妖绳一次次从天而降，但是套不住我们。

我禁不住嘎嘎大笑，感觉着膝上的力气。疲累的时刻是个秘密，力量在最后一刻涌出。在捆妖绳对准了我们抛下之前，我们已经拉着手，跃出了圈子。

西马龙抡圆黑臂，把砍刀奋力向半空掷去。砍刀如导弹般笔直飞向天空，直升机吓得一哆嗦，猛一扭尾巴，突突地逃离了。西马龙爬上一棵大树，一只黑手指着飞机，嗷嗷大叫着示威。我们继续奔跑，我们如孙悟空飞腾跳跃，左突右闯只知狂奔。

跟上了西马龙，就如同跟着逃亡之神。我没有被累垮，更没有被捕获。

逃亡成功了，我们在丛林跳起舞来。感觉浸漫的时候，人在陶醉之中。一柄甘蔗刀举在头顶，嗖嗖地砍断着空气。随着黑皮肤的西马龙，我也成了一个绿林的精灵。腿脚、双手、头脑，都在激烈地舞蹈，对着土地，踩踏踩跳，享受着自由的狂欢。……

——突然一怔，对着关塔那摩的视野，我走神了。

五

以前吃力地读萨依德的东方主义时，有一句给我留下印象。

他说有个时期，欧洲的东方学家，"总在开创一个有修正论色彩的计划"。大概他说的，就是我们体验着的、五百年来他们不休不止地固执地进行的——对真实的修正。在堂皇的民主标签下，他们向民众灌入"近似知识"的漂白剂。随着思想，包括做人常识的漂白，"西马龙"渐渐成了历史古语，几乎要被人遗忘。

幸好在古巴我遇上了他。

逃亡的黑奴，持刀的黑奴，自由的黑奴。西马龙，西马龙！一个词熔化了奴隶的镣铐，满溢着生命的动感。在幻视中，它呈着愈来愈纯的黑色，如一个神秘的信号。环顾世上的人们，多在话语的皮鞭下挣扎。但是我猜——无数的人都是潜在的西马龙，等待着时机，隐藏起砍刀，准备着从奴役中，至少胜利地逃亡。

雄鹰飞过

都说那是一支关于鹰的音乐，它常见得人人皆知。演奏它时，一般用枯树枝镂空的印第安排箫，或者用哈萨克的松木哨子——总之音色悲凉的乐器。它被沙哑奏出的时候，一缕哀婉低诉，便在你耳际开始了盘旋。

一

那一天过去已是几年。人们一齐仰首眺望的、那激动和疯狂的日子，如风逝电灭，被时间裹挟而去已经几年了。

我站在砾石裸露的高原上，平川一泻无尽，云团滚涌而来。无所遮拦的、居高望低的视野，把地平天边的原野山峦、把荒凉人世都尽收眼底。

这里是哪儿？我紧张地左右环顾。鞋子喳喳地踩过碎石，彻底褪化剥露岩芯的高原，如烈火燎过寸草不生。它有些像西班牙中部的拉曼查,更像美洲大陆的绿案高原。不,在东蒙古或西海固,不仅视野没有如此宽阔,你不会获得如此自尊的感觉。

不明的地点使我焦躁。我想喊,但是自己已经失声。睁大眼睛,发觉视觉正抽丝般一点点迟钝,我不能说出也无法看见——从灼疼的眼底,有一股火苗蔓延着,烧荒般掠夺了我的心。

一群脸皮晒裂的剽悍黝黑的男人,我不知他们究竟是一群印第安人、还是摩尔人或吐蕃人——在我背后默默并立。我们站在裸石高原上,如失去父兄的孤儿,在等待一场追悼的仪礼。金风锐厉地号啸着,摇撼着我们的肩头。氆氇袍子和邦乔、还有缠头巾都随风扑啦啦抖动。我们是陌路人,但我们站在了一起。只见他们都竭力仰着头,用锐眼在茫茫云阵辨别,好像在聆听什么。

我猛地悟到:我还残剩着听觉。于是我也屏息静听,一面凝视着那团愈烧愈盛的黑红火焰。用疼痛的双耳,加上用心辨认。当不能倾吐心里的爱情,当不能熟视下流的狂欢,人的听力,还有心的感性就抽枝拔节,变得敏锐异常。我回头看看那些吐蕃、摩尔和印第安的壮士,他们纹丝不动,脚趾攀住的砺岩纹理清晰。他们表情凝固,如浸没在一派沉思和悲悯之中。我猛然意识到:他们正沉浸于倾听!我赶紧转过头——就在这时,一声音响、一丝天穹奥深的消息或叹息,它显露了形迹,正笔直地缓缓驶来。

二

都说那是一支关于鹰的音乐,它常见得人人皆知。演奏它时,一般用枯树枝镂空的印第安排箫,或者用哈萨克的松木哨子——总之音色悲凉的乐器。它被沙哑奏出的时候,一缕哀婉低诉,便在你耳际开始了盘旋。

听它时确实需要想象。没有心情的加入,你听不出它的味道。有古典修养的人说:一切音乐都是有标题的。它的暗示,就在题目之中。你不能把它当做赘足的消遣,动物的找乐,若是自知缺少热情你就别碰它。标题已经告诉你:这是描写雄鹰在天空的飞过。你听见或看见了么?那飘忽的滑翔。知音的说法是:若能凝眸注视,倾心潜入聆听,那么人会有晕眩的感觉。

几只鹰在清冷中盘旋,俯瞰着贫瘠的大地。音乐飚扬而起,似乎开始了一次庄严的出征。我仔细辨别,但是没有任何熟悉的旋律。没有听见摩尔的热烈、没有听见吐蕃的嘶喊,也没有听见印第安的冥思——《雄鹰飞过》是怎样一支音乐呢?旋律和节奏都太安详了,我辨不出它的族源,只觉得它那么高,远在七重的高空之上。

然而仪式却开始了!我回顾背后,风剧烈地抖动着他们的袍服。三种不同的男子,都铸铁般一动不动。他们的姿态传给我不祥的紧张,我赶紧回头,鹰正在向远处飞去。他们是在送别,只是假借一首音乐。而高空中,旋律追着雄鹰,齐齐地滑翔而去,如一组谜谶。

远处的地平线上，那片黑红的火突然跳跃起来。渐渐地鹰与音乐混淆了，它们笔直地对准火焰，朝着那儿疾疾飞行。

三

在蒙古草原上，我听说过有一种鹰，当狼突然跳入了羊群、大肆施虐的时候，它们就笔直地朝着狼俯冲而下，对准狼头狠狠撞去，在撞击的瞬间啄掉狼的凸眼。它们被唤做布尔古特（burgut）。同样，在哈萨克的天山有一种同样的黑鸟，它们被取名卡拉库孜（kara-kuz），总是给山中恶兽带去不祥。我猜，今天印第安人称为阿吉拉（el Aguila）的老鹰也是一样，这种沉默的动物不鸣不啸，但它们有不能想象的决意。

远处红黑的火焰，如魔鬼正在舞蹈。

它愈烧愈烈了，正在地平线上狂欢跳耀。

鹰在那个时刻，突兀地现出勇者的本相。它沉默不语，开始了与狼的决死一拼。它从高高的云端，以一个高贵的姿态，坠落般俯射而下。

鹰从天而降，啄掉了一双恶狼的暴眼。鹰动巨翅，把一头熊击落山涧。鹰怒握双爪，抓起一条仙人掌上的蛇。但是鹰被烈火烧焦了羽翼，它不能再次拔地而起了！火花飞溅，轰轰炸裂之中，我听不见鹰的一点声响，只听见它在扑翅挣扎。烟雾冲腾，遮蔽了它,最后,一切都熔化在火舌黑烟之中。

狂风冲击着枯枝,强行穿过一排木孔。哨子和排箫无法忍耐,音乐突然间高昂起来。它呼唤着我们,要我们开始仪式。就这样我们也陷入了幻视,我们也随着起飞和俯冲,追逐着那支音乐长长的拖曳。我觉察到,此刻两脚僵直地石化了,它们已插进石头,和裸露山岩成了一体。我变了,空荡荡的胸中,唯余那一股音乐在奔突闯荡。一刻比一刻更甚地,心如那声音般孤寂。

鹰穿过云层,掠过烟焰,对准爇火垂直降落。音乐也同步地危险跌下,木质的长音沙哑拖长,如俯冲的呜咽。那声音单调粗糙,甚至难辨其中五音——但它若怨若愤,恋恋不舍地飞旋,盘绕,降落。

多少年来,唯此一次,我体会了晕眩的感觉。

四

此刻只剩下那首音乐。此刻它愈奏愈响了,如一个古老仪式的末尾。

我们一言不发,印第安、摩尔和吐蕃的听众都在山岗上悲怆沉默。

鹰死了,荒火侵漫了高原四野,包围了我们。我们没有退却,心在随着那支音乐。烧裂的山岩被映得鲜红,如一个恐怖的传说。

那以后我总是听着这支音乐。在它单调的、木质的声音中,那只孤独的鹰给我抽象的联想。在听觉中,它变成了给敌人以还击的黑鸟——是的,这首音乐与哈萨克哨子曲《kara kuz》异曲同工。我早留意到:哈萨克人见我喜欢这首曲子,脸上便浮起一种特殊表情。因为黑鸟常伴随厄运。这些怪异的文化花絮,引得我痒痒地忍不住考证之心。它与印第安人的那只鹰一定也有关联!否则印第安的老鹰为什么抓着一条蛇?但弄清这么古老事物的起源流脉,不用说将会极其困难。我没敢妄做试探,虽然至今一知半解。

——莫非它就是鹰的遗物,或者人们常说的灵魂?鹰藉托一首音乐,诉说自己缄默的本意?

如今这首《雄鹰飞过》流行四海。

不仅那些养鹰的部族,什么样的家伙都在哼着它。有一次我看电视的大奖赛,一群红头发的女孩用避孕套吹奏它。鹰不在乎,你没见它从不在乎法西斯把它绣在军旗上。它不抱怨被人利用,只顾翱翔着,飞旋着,等待着一次俯冲,把诉说变做沉默。

于是我也宽容了。

既然那灵魂——既然它假借了一首音乐,那就让它尽情地流行吧!我为各种演奏鼓掌,收集各种版本的这支曲子。

原来,音乐就是这样才能够成立。好的音乐都是费解或含蓄的,掩藏其本音原意,让形式喜闻乐见。我静静地坐着,鹰又一次远去了,听得见翅羽间撕裂的风声。此刻脚下没有火烧的砾石,没有养鹰族群的仪式。我独自坐着,演奏如引诱,如勾魂,听众随之晃动。纪念就在这里,仪式就在这里。就在这个瞬间,一个消息隐蔽地传出,高潮骤然剥露而出。

　　曲子展平了它黑羽的巨翅,纹丝不动,在无言中,疾疾地朝下俯冲。你是不朽的烈士,你是勇敢的精灵。木质的沙哑哨音,久久地拖响着。人们都出神入魔了,晕眩的听觉弥漫。全场的人都平伸双臂,哼着曲子,轻轻绕起了圈子。他们恍惚痴醉,如在盘旋之中。

第四辑

安乐寺里的苏菲

一

我们从广岛出发，庙在岛根县的深处。

在广岛的一天天，满心都是过去的和逼近的核战争的阴影。谈那些广岛—长崎核屠杀背后白种人对有色人种的歧视，谈"他者的尊严"的命题在当今天下的紧要，谈中国和日本应该怎样绝对反对核武器——谈得心情沉重。

一步跳到了岛根静谧的山里。

离开广岛的政治语境，于我已是迫不及待。但我还没有意识到：对我的知识构成而言，那一步投向岛根，才真是恰在其时。

正是从北方渐次涂染的红叶，随秋色的变移初到岛根一线的季节。日本的环山，已显出了红色的浅晕，秀丽又平凡。

车在一个散落的村落停住。

迎面一座小小的山门——住持和尚的妻子在门前深深鞠躬。

从那一天起我注意到：她是个一念只守住温文尔雅的女人，每分钟都惦记着门徒和客人。无论喝了茶，吃了斋，我们每一个满意的动作，都引来她一句认真的道谢。

应该早就知道的知识，如水一般迎面涌来。日本式的紧张日程，不想在一座最小的庙里出现了：行李尚未放稳，第一讲立即开始，因为一共只有三天。

先从庙的建筑开讲。

我先知道了山门之内，大殿称做本堂、其中前后分为内阵和外阵。一道"法中玄关"置于正中，连接外本堂与家屋，隔开圣与俗的两界。

过去因为寺庙建在深山，所以凡是庙宇，一般都有"山名"。但宗教的立足乃在人群，因此即便一望平原，寺庙仍以山命名：著名的比叡山，寺名延历寺；中国名刹五台山，寺名金阁寺（很少有人知道）。而三岛由纪夫借它的一个真实事件而出名的京都金阁寺，恰恰山名正是五台山。

处于日本佛教领导地位的京都西本愿寺，山名龙谷山。我们投宿求学的这一座，小得堪称本愿寺派最小的细胞——山名玉莲山，寺名安乐寺。

我入住并进行三天学习的安乐寺，没准是日本佛教中最小的一座小庙。

一座石砌台阶的钟楼，一座比家屋要大、但比常见的要小的本堂。我们投宿的房间，就在本尊的背后，窗外是深秋日本的寂静稻田。

本来是为了写作《致日本》，想在日本调查并写作关于日本佛教的一章。但是在安乐寺的三天，我吞咽着对日本佛教的改革感受，却幻觉着对伊斯兰未来的想象。在一种妙不可言的过程中，我深感日本佛教只宜感悟不宜书写，暗暗放弃了触碰它的打算。

于是我放松自己，沉湎于最原初的"本愿"。若换了阿拉伯语，所谓"本愿"，念愿渴盼的最初和本质，难道不就是 al-Alif、大写的"一"、伊斯兰最根本的概念么？

来前央求了住持朋友，想在他的小庙住上三天。原来我只想稍作体验，即便在电子信件中读着他对三天日程的细细安排的时候，我无置可否，心绪随意，觉得不过是将要度过的流水般的、丰富的日本旅行的几天而已。

后来才明白——时至今日才愈发明白：住进安乐寺，简直是天赐美意，简直是苏菲修行！廉颇未老，尚能新知，虽然这一项学习没有西班牙语哨探战那么 duro（硬），但也要不畏惧教条分子的毒舌。

寺庙椽额上，雕刻着生动的狮子牡丹。

住持讲，它应该叫做"唐狮子牡丹"，传自中国，源头印度，"唐"读から（kara），即中国。但是后来中国佛教装饰艺术中删除了狮子牡丹一组中的牡丹，狮子也渐渐变了民间社戏的道具，以后不在佛教建筑中醒目。而传入日本的唐狮子牡丹却大受民间喜爱，黑社会或者侠义之士多在背上刺青，唐狮子牡丹的花纹，乃是最上的一品。所以，高仓健在电影的题头曲中喑哑唱道："义理太沉重，男人的世界。背上怒吼着，唐狮子牡丹。"

紧接着唐狮子牡丹，是四幅"画传"。住持和尚仅根据这四幅画传，打算让我了解净土真宗，乃至日本佛教的历史。

这座庙的镇护之宝，就是这四幅称为"御影传"（御影伝）的、亲鸾圣人故事画传。

从那一天起"亲鸾圣人"这个名字，再也没有离开我的脑海。我常在清夜独醒之际，在凝视的眼前，等候它的浮现。它如一个羊毛素衫的苏菲老人，静静地与我讨论问题。从西宁市出现的伊和瓦尼纷争，到海原县那些被虔诚愚蠢的民众围着、求风求雨求男娃的坟堆。在我们漫长的历史一步步尾大不掉的同时，亲鸾圣人在日本发动了佛教史上真正的革命。从目击了他"御影传"的第一幅那一刻，我就感到一种难言的熟悉。我感到自己渗入了一种透明贯通的修行，并与它的核心相逢。

寺的住持是我在以前有过一面之交的、内陆亚细亚学界的旧知。两个穆斯林住进净土真宗庙宇声称专程来进行佛教学习，并且随之猛然开始的时而宏观旋即微观的宗教交流——使他没时间怀旧。与伊斯兰面对面进行佛教中核深奥的探寻，使他感到突兀，更感到兴奋。

　　他既是这座小庙的住持，也是广岛大学的教授。三天安乐寺的小住，使我发现此人是一个天才。他从奥斯曼帝国的历史到音乐、从文学的俳句和吐鲁番的文书、更不消说从五台山诸山的掌故到大谷探险队的细节——无一不了如指掌。

　　他讲述语言的简练，首先是一个罕见的优点，所以我意识到他说过的话必须记下来，就像在北大学考古时听宿白先生的课时一样，话无二遍，精彩不再，最聪明的法子就是先抄在本上。但在这里我无心也没有篇幅移书一部亲鸾圣人传或净土真宗史（日本最近正有一部《亲鸾》在热销）；细节的丰满和极度的精炼，使我从第一次就意识到必须全神贯注、字字记录。于是我在竭力听着同时，口中念念有词般翻译。妻子则一语不发嗖嗖走笔，囫囵吞枣先把它抄在本上。对一个艰深领域做毫无准备的同声译，当然只能是听俩丢仨，但我明白：我们正在获得一个极重要领域的准确基础。不仅是听来梗概，我们以语言、内涵和腹语，更在最深处讨论。

　　我从西海固的知识出发，向他提出的问题似乎也使他有些震动。我以新疆的体悟，回答他要求回答的佛教问题——至少我自己似乎在享受一丝高山流水的感觉。哦，何必不直言：不消说名牌大学的伪劣讲座，哪怕所谓的经学院神学院，更毋论闲抱佛脚的清谈客，眼界内外，未必有过如此的讲义。

　　啊，求学的能力，新知的愉悦！

二

往下怎么叙述呢？我边写边犯愁。

因为佛徒的善意，先显于待友之道：为我们夫妇三天的小住——既然我们宣称要学习佛教，他居然准备了七稿讲义！

他打印出的讲稿大纲（レジュメ），一如日本学界流行的规矩，但比一般的篇幅更大。在这篇回想中哪怕我只是抄，也要费比散文更大的篇幅。

只讲讲核心的亲鸾圣人么？哪怕只是描述"御影传"，也会累得我头昏手麻。

入夜以后，岛根群山的冷秋，久未住人的古刹空寺，阵阵沁骨的寒意袭来。住持的妻子拿来石油炉，胸前火烤滚烫，但依然背后阴冷。

白天，除了听讲和近处参观，我常在本堂里散步，端详那著名的御影传。

亲鸾初登比叡山的时候，曾经决意净身求法，一生追求佛门之道。但是，佛山三千坊数一的静室，不能解答他胸中抱着的问题。

御影传中，从第一图《出家求道》、第二图《得度剃发》往下，一页一页描绘了和略过的，也许正是流逝的二十年时光。

愈积愈重的烦恼，使得亲鸾下了山。他那时以善信之名，在一个叫六角堂的静室里,闭门寂坐,苦苦思考了一百天,同时也邂逅了净土宗法统的第七代圣者——法然上人。

思想和实践,其实在此刻都在革命的边缘上,只不过"御影传"上的画,却是墨线白描,笔笔浅淡,简略抽象至极。

我凝神听着朋友的讲课,也凝视着橡额上的画。数百年前发生的日本佛教改革,其实和伊斯兰的脚步那么合拍。

《救世梦告》指的是亲鸾在闭门六角堂期间、一夜梦见了救世观音托梦的奇迹故事。这种故事的结构思路太为我熟悉了——简直连细节和口气,都与苏菲的奇迹说话丝丝合缝。

改革者借着文学的形式,用奇迹去鼓舞人的感悟。故事之外是历史的推动,故事内有遍地的人生。日本史上所谓的救世观音,其实是社会改革的领袖圣德太子的化身;亲鸾尊崇圣德太子,要从圣德太子的方式中参悟。

住持为我专写的大纲中说:

> 圣德太子乃是日本对佛道理解最深的人。亲鸾圣人向圣德太子索求的,是圣德太子虽不出家且拥妻有子、虽在家而深知佛教这一点……
>
> 人虽能净身修行,但烦恼之炎,仍难消灭。否定自我,终究不能。

我一字字再三读着。

好一个"烦恼之炎"……用日语读着,更加富于滋味。的确,俗世的规矩与纠正,宗教的苛刻和僵硬,人常在这两者之间不知所以,迟疑徘徊。伊斯兰又何尝不是如此呢?所以有了伟大的苏菲主义,以神秘的感觉,探索人神的关系。

我再去观察殿额上的"御影传"。

一幅画面上有三个时间:内阵之上有三人熟睡,一位武士、二位僧侣,像是故事中托梦的时间。并列的画面上,中央莲座上有白衣的观音降临垂讲,黑衣的亲鸾正在跪坐恭听。

我的笔记中抄着:

末法之世,僧侣的黑衣将会变白。——于是几笔勾勒的画面,又多出一重含义。我费力地辨认着,哪是观音,哪是亲鸾。

不意我的大学教授兼小寺住持的朋友,却一语惊人。他告诉我:虽然事关学术众说纷纭,但是,此一救世菩萨的形象,虽白衣但剃发、虽着俗装却仍为僧。这种"救世菩萨以既不是僧也不是俗、以非僧非俗之姿降临人世"的形象,使亲鸾一瞬振聋发聩。他决心实践这一启发,把它当做自己的道路。

据"御影传"的诠释,救世菩萨(也即是观音以及圣德太子)面对苦恼质疑的亲鸾,做出了惊人的回答。这一回答,导致了日本佛教的革命。事过重大,又字字艰深,我怕语生歧义,所以不敢译转,只用自己的语言转述如下:

求道之人,若据因缘而谋娶妻,则我将身变你妻,添附你之生涯。待到命终性尽之时，再引导你于往生极乐。……此乃我为救众生所立之誓。善信（即亲鸾）哟，把我之此誓，易懂地传与众人！

就这样亲鸾大梦初醒，日本佛教也在这一刻，迎来了崭新的黎明。

画面上出现了第三时间。亲鸾身着黑衣，出了悟梦的本堂。他推开门扉，在阶上极目远眺。远近的山坡上，挤满了芸芸众生。他们装束各异，像从事各种营生的人民。

鱼肉可食，妻子可娶，从此日本的佛教便"妻持肉食"，摆脱了清规戒律的束缚，唯向绚烂的文明疾疾前行。亲鸾也被称为圣人，从此受到日本人由衷的崇敬。

我久久看着"御影传"的这一幅，油然而起的敬佩，久久萦绕心间。

次日我在小村里再看见忙碌的日本农民，视觉似乎发生了变化。他们那么像画面上山坡上挤满的众生，虽匆匆奔走世间，但怀抱着一丝信仰。

至于安乐寺"御影传"的另外几幅，我不想多写了。总之，一套素墨的画传，梳了净土真宗——日本最大的佛教派别的一脉历史。

后来，这种突破束缚的简洁，又使它提出不分贵贱男女、只要口诵一句"南无阿弥陀佛"，就可以挣脱末法之世，直抵往生净土。

——净土真宗，大致就是这样形成的。

这一句顶一万句。它概括了人的信仰，更鼓舞了人的斗志。人民大众口念一句万众一心、宛似伊斯兰的战士口诵一句"比斯民俩"（Bism Allah）投入反帝斗争——这种情景让统治者感到不安。于是亲鸾圣人遭到流放，净土真宗也几遇迫害。

繁琐哲学没有出路。单纯简朴的思想，一定会枝叶繁茂。净土真宗本愿寺派后来成了日本最大的佛教门派。如让我这门外汉一句总结：第一是由于"妻持肉食"的人道思想，其次是因为一句念佛、直抵极乐往生的简洁教义。

尤其是"妻持肉食"，唯有这一步，实在是一次伟大的奠基！不仅中国的佛徒，我想穆斯林更应该仔细地琢磨和参悟——这勇敢突破了佛教原教旨主义的革命一步。

三

既然深入了岛根山里，怎能不和人打打交道呢？安乐寺的门徒（属于该寺的信者）有些听说了我们，于是去了一个门徒家。

这一家恰巧做法事，邀请我们同去观看。

诵经毕，谙熟茶道的女主人，一招一式，给我们做了表演。那茶并不用茶叶，沸水沏的，是秋季的花瓣。茶具平常，我按规矩接碗、转动、饮毕，再用手拭过碗边，心里却想着亲鸾圣人。

她家庭院里的树木,早早已霜打浓红——这是此行所见的最早红叶。

教授兼和尚的朋友开动车子,要领我们去看岩见银矿。他说那是白银时代的亚洲大矿,白银曾流入盛产瓷器茶叶的中国。我却突然想起中国流行的"花和尚"一语,心头掠过一股羞耻。

在离安乐寺不远的岩见,除了参观了一座保存完好的古代银矿之外,更发现了关于一位"芋代官"的事迹。

——已经是美洲印第安人种植的红薯(camote),被运到了亚洲的时代。日本幕府莫名其妙地下达严令:红薯只限在萨摩一藩种植,不许这种"萨摩芋"运往别处,违者严办不赦。

恰在此时,日本西部由于冷夏和虫灾,发生了史称享保大饥馑的饥荒。

此时,六十岁高龄的井户平左卫门出任了岩见代官。他为了解救饥馑,不仅拿出自家财产并动员富户献金购米救灾,而且不经上司许可就开仓赈米。

但是灾情未见减少。一日,他在父亲的忌日的法事上,在荣泉寺遇见了游走各国的修行僧泰永,从游方僧口中听说了从异国引入"萨摩芋"(Satsuma-imo)的消息。

代官为了救民于饥馑,决意冒险犯禁。他马上求僧人泰永协助,并派人渡海,潜入遥远的萨摩藩。辗转周折,从萨摩藩盗出红薯一百斤(合六十公斤),秘密运回饥荒中的岩见,分给八个村庄种植。

初次种植几乎全都失败——但唯有一家人，在山腹处栽培获得成功，并且发明了釜中藏种的办法。井户代官又加以推广，于是，红薯就像在地球上许多地方一样，又救活了濒死的岩见灾民。

享保大饥馑过去了，岩见居然没有饿死者。而代官井户平左卫门却在不久之后，在他岩见的任期尚不满两年之际，不幸逝于疾病（也有认为他因违抗幕府开仓放赈而被令切腹之说）。他逝世后——葬于一座名为威德寺的庙内。

他冒险犯禁的义举，救活了大量的灾民。岩见的代官因此被人们称做"芋代官"。他的救命之恩被百姓牢记，在银山远近的岩见领内，百姓们为他建立的功德碑，据统计居然一共有四百九十通之多！

我没考证这位芋代官的宗教所属。

或许他不属于净土真宗的本愿寺派。但亲鸾的宗教，甚至渗透了日本的官场。岩见代官的犯法救民，与亲鸾圣人的救赎初衷，一层接着一层，把所谓日本精神的基础，夯打又夯打。

那种坚实，其深莫测。一旁眺望着，唯心中暗羡。

"课程"几乎见缝插针地进行。

寺外边，秋凉正一阵阵地浸入，重重的山峦愈来愈红了。本堂内，住持的妻子点燃三个石油炉轰轰烤着，其实除了我们两人之外，听讲的门徒，最多一天也只有三个。

七次讲义的最后部分，最令人心动但也最难传达：讲的是俳句诗人小林一茶。

——我哪里有本事，把五七五的文字游戏，化作对应的汉语呢？就连读懂大意，于我也是苛求。

小林一茶肯定是净土真宗的门徒，讲义似乎觉得无须赘言。

多难多感的生涯，或许也是成就他文学的一个原因。但是就像井户代官的行为中有种罕见的勇敢一样；天性的本色，更加被人留意。

我只能径自用白话通俗地堆砌，抄下感觉——两岁丧母，八岁父亲迎来新人。十岁异母弟出生，他遣怀的俳句是：

和我来此，一块玩么，没有爹妈的小鸟

十四岁祖母死，十五岁前赴江户，以后纷杂长旅中，他渐渐以一茶之文名著称于世。而身边事却一发不收，多难而伤心。他总是在葬礼之后，拾起亲人的骨烬，写下简练的十数字，再喟喟前行。

生且存，附于此身者，草之露

文名虽然日渐显著，但世间的权势压迫，也充斥眼前，且愈加临近。是因为它完全是一首儿歌么，或是由于它表达了对权贵的敌意？一首《小鸟》——不知为什么在日本最为脍炙人口：

小鸟哟小鸟，从那儿躲开快躲开，马儿要通过

　　后来的事不易尽数，总之是命途多舛。

　　五十二岁结婚，两年后长子出生，但旋即死亡。五十六岁再生女儿，亦随即夭。五十九至六十一岁之间，连生了两个儿子，无奈他们连同母亲，无一人留世。不得已，他以六十二岁之高龄再婚，紧接着的，却是离异。

　　在这期间，他笔下的俳句中，愈来愈重地显出了一层佛教色彩。

　　　　纷纷雪落下，拂去却已早无心，加于我身哉
　　　　南无阿弥陀，南无阿弥陀之佛，长夜永未明

　　谁知是为了子嗣抑或是为了俳句？六十二岁他第三度结婚。但天命早有定数；次年，日本俳坛最负重名的小林一茶辞世。

　　研究界的观点不得而知。但我信服我朋友的眼光。他以为：一茶的俳句，已不是经过人眼的观察所能吟诵出的作品——而是经佛眼的观望、再咏叹的人之生相。

　　"如佛的视角"，我暗自揣摩，慢慢地浏览着。费解的短句，一派静寂。

　　确实，一旦到了如此的火候，文学与宗教，就发生了彼此的对流。神秘在莫名的语言之中侵蚀，感触丝丝真切，虽然无法总结。

安乐寺里的讲义，后来话锋不知怎么转到了奥斯曼土耳其。可能是我见这位和尚教授的知识实在太过丰富，就向他提了这个问题。

他看了我一眼。

那一瞬我觉得，好像我俩的思路，在此刻碰击了一下。

接着，没想到他拿出的，是和《张承志夫妇来山开讲》差不多一样厚的另外一叠讲义。题目居然是：《亚洲殖民地化的历史过程——从奥斯曼帝国到东南亚诸国》。

我随手一翻，扉页后的第一篇，是莫扎特摹仿奥斯曼帝国军乐所写的《土耳其进行曲》。

后几篇，我一面心中称奇，一面逐一翻阅着。震撼欧洲的维也纳包围、奥斯曼帝国与路德新教、欧洲近代的国际秩序与奥斯曼帝国、克里米亚战争及俄土战争、护士南丁格尔及其时代、苏伊士运河、沙特家的兴起与瓦哈比主义、爪哇猿人的发现与荷属东印度公司的东南亚侵入……

我沉默了。

良久之后，我问：这是在大学里用的讲义么？

他沉吟着回答：也给寺里的门徒们讲。

四

短短三天，当然一瞬而逝。

只是这三天，借一句老话，对我真是"胜读十年书"。临别前夜,我反复道谢,朋友却反来谢我,说穆斯林不仅住进佛庙,而且潜心学习佛教,这才是值得学习的。"当然啦,"他补充说,"苏菲么,古代的苏菲,就是这么做的。"

是夜,初次听见了窗外寒风的呼啸。

已经快到十二月了,山里已是最后的晚秋。

我们没有交流关于日本佛教的另一面——宗教与国家主义的关系。因为,即便是亲鸾的教门,随着"大国崛起",随着危险的国家主义狂热与他者侵犯,后来也是满脚泥泞。

那要留待另一个时间,寻找另一个入口开始。至于这一次,对于寻找我之所需的我来说,功课完成了,收获堪称圆满。真的是胜读十年书,我为自己的所得,兴奋得难以入眠。

我羡慕他们。

他们毕竟打下了那样一个基础。只要有了那么一个基础,哪怕一切都遭到破坏,哪怕被原子弹炸成了废墟,一切还都能重建。

明晨又会有一次惜别。

我的用语看来还真的需要解释。"惜别"一词中的严峻意味,连多数朋友也没听出来。

即便美抵达了净土,即便有如此的优异长处——在国家主义与民族利己主义的大旗之下,它们会逐一地异化、可悲地"脱亚入欧"、变作傲慢的歧视,甚至扩张的工具。

追究日本佛教在帝国扩张与亚洲侵略中的战争责任，是一个巨大复杂的话题。净土真宗更是一样，从明治时代开始的传教黑龙江东并探险天山以西、奔赴五台山会见达赖接触西藏，到败战前夕召开各殖民地傀儡国的大东亚佛教大会，都是由净土真宗的西本愿寺挑头挂帅。

我唯有满怀慨叹，长揖惜别。

宛如文学的难以交流一样，我们之间，尚还隔着一重坚壁。一厢情愿的好意，或许会在国家的墙上碰得流血。这就是"敬重与惜别"的含义——当然也包括了对日本佛教的思索。

无论如何，安乐寺里的三天，使我从全然不同的角度，又一次感悟了宗教的本质，他山之玉的美好，使得我胸中更丰满了。

此刻，"妻持肉食"的日本和尚，正在与我在一座屋檐之下。他们的寺里居家，他们对世界的追究，静静地改变着我。

清晨，离开安乐寺的那一天的清晨，朋友说，如果你愿意，今天可以由你来撞钟。

群山尚在朦胧中熟睡。

我扯开撞木，让心沉稳，然后发力撞去，击响了寺门的巨钟。

咚～～～

嗡～～～

悦耳的金属之音迸射发散，唤醒了山村的黎明。一丝余韵，愈传愈远，溶入了岛根的晨曦重山。

此一刻,世界尚在和平之中。如享受着佛陀的祈祷,穆圣的祝福。

我突然联想起伊斯兰的"1",联想起老子的"一",心中的涌涨,难以形容。那一刻,我独自为这座小小的庙宇、为这对虔诚的住持夫妻,也为守着和平宪法数十年苦斗的日本战友,默诵了一段阿拉伯文的和平祝辞。

车子已经发动。

我如一个行脚的苏菲,行李装入朋友的车中。我转过身来,安乐寺一如以往地静望着我,山门简朴,本堂肃穆。

就要离开了,前途有前途等着的题目。

完稿于 2011 年 10 月 9 日

方丈眺危楼

　　已经近十年了，心里总涌起渴望，想抽出时间静心读读《方丈记》。

　　究竟是为了什么，已经记不清楚。或许"方丈"这个语词刺激了我心里埋藏的一个念头？它起源很早。还在我刚拿起笔牙牙学语之际，一个"黄泥小屋"的意念就潜入了心底。一种紧张，一种对安身之所的执念，成了一个心病也成了一个文学意象。

　　说到底那不过是个因"社会主义的住宅问题"而诱发的某种生之不安，现在回顾已觉大无必要。只是环顾世象，纷呈精彩，突然想起已从日本购回了《方丈记》。

　　这本书顾名思义，与一个住居的问题有关。不消说，如今就连资本主义的住宅问题也几番沸腾几回泡沫，若是再次注视人与住的问题，已经完全不是以前的眼光了。

　　从冬至夏，我沉湎于此书。此次书评已经动笔，又听说日本大海啸之后它被朝花夕拾，书肆店头，一时充溢着《方丈记》的各种版本——恰似在法西斯抬头的时代被警察活活打死的共产党作家小林多喜二的《蟹工船》，也不可思议地畅销一样。

我的感触还是旧式的，来自字面的"方丈"，如刘禹锡的"陋室"。它们对立的另一极，是世间的"瑞相"。

——关于译文需要少少说明几句。本文所引《方丈记》段落，乃是根据两个版本的"意译"，且引用中稍有节略，出处只注明《方丈记私记》的页数。翻译外国的古典是一件蠢行，无奈为着引文勉强为之。自知其间必有错误，因而谢罪在先。（堀田善衞《方丈记私记》，筑摩书房，1971年。簗濑一雄译注《方丈记》，角川文库版，1996年第41版）

一

我使用的《方丈记》不是一个独立版本，而是我常读的作家堀田善衞藉《方丈记》抒发胸臆的一部长篇散文，书题《方丈记私记》。在开卷第一行堀田做出声明：他这本书，既不是对《方丈记》的注释、也不是对它的鉴赏，而仅是自己对古典的——"经验"。

我明白，作者虽自知不是注释专家却决意解说古典、为此即便陷入学究的苦恼也在所不辞——其中当然寄托着微言大义。他痛感这种春秋笔法的必要，不厌铺张，把巨大的篇幅用于典籍梳理和细部考证。不消说他暗自发了大力，自信这一家之言，能与专家分庭抗礼。

自信的原因是：他以这本心血之作，纪念了自己民族的惨败。

堀田善衞把日本败战的最后一瞬——即 1945 年 3 月 9 至 10 日的东京大空袭，以及那一夜的熊熊孽火阿鼻地狱，当作了读解《方丈记》的个人"经验"。

那是日本民族经历的、大国崛起历史的末日。是日本自改革维新脱亚入欧以来直至最终毁灭的、一个象征的日子。那个日子与遭受原子弹轰炸的 1945 年 8 月 6 日(广岛)以及 8 月 9 日(长崎)一起，成了日本强国梦的崩溃粉碎以及整整一个时代结束的符号。

那天，一名作家还原成了一个难民。那天他的经验更有普遍性。那天他在东京的烈焰火海之中挣扎。一个亲密的女人住在深川，火狱中的他无法前往一探她的死活。四顾烈焰，呛鼻毒烟，他僵硬地走着，似昏迷似冥想。跟跄中，脑际突然冒出了一句古文，是《方丈记》描述安元大火的句子：

"火光映衬，遍地通红。火焰不堪风力，撕吹而破裂，越一二町，移动如飞。其中之人，尚余生存之心乎"。(p.12)

这就是他"私记"《方丈记》的方式。也是一个知识分子在强国梦破碎后、于极限的痛苦中获得的"经验"。他强调个人亲历，笔墨集中于亲身在场的大空袭那一天。行文中随感想所至逐一引用解读《方丈记》，所以此书不失为《方丈记》的一个有特色的注释本。

回顾东京大空袭的浩劫在今天已经很必要。那一天,美军B29轰炸机共 150 架,对东京进行了"波状地毯式"的烧夷弹轰炸。据东京消防厅公布的数字,共投下 100 公斤级炸弹 6 个、45 公斤级油脂烧夷弹 8545 个、2.8 公斤级 180305 个、爱雷克特龙 1.7 公斤级 740 个;烧毁家屋 1820266 栋、受灾 372108 个家庭、死者 72172 名、伤者 20891 名。六天以后新的统计数字出来,死者76056 名、伤者 97961 名,合计约十七万四千人死伤,东京约四成面积夷为灰烬。

东京大空袭是瞄准了东京建筑多为木造房屋而设计的。那一晚借助烈风,处处猛火合流,卷裹吞噬,把半个东京烧成了浓烟恶臭的焦土荒原。

堀田善衛写道:

"茫然仰望着烧得火红真赤的夜空……投下的烧夷弹像铁皮屋顶的雪滑落一样,响着异样的浑浊声音落下,有的就在降落中已经喷出火来。通红的天上,在广阔的合流汇聚的大火灾的熊熊映衬中,B29 飞机的下腹闪着银色,宛如空中的巨大鱼类来回穿梭,超低空地、缓缓游进冲腾的火焰正中。始终,我都一直联想着火中游泳的鲸或鲨等巨鱼,已全然没有憎恶之类的感情。"(p.11)

"……所有人都流着眼泪跌跌撞撞地走着。不是哭,是被火和烟伤了眼睛,疼的缘故。也不只是脸上,不少人手上脚上都涂着白色油状的烧伤药。到处都有一种洗眼所，穿着国民服的医生和巡查在那里站着。到了新桥附近，烧焦的尸体进入视野，消防车卡车电车被烧得只剩骨架。我们踢着白铁皮制的细长管状的烧夷弹壳走着，那么多烧空的弹壳，到处地散乱着。"(p.32)

只有抵达了历史惩罚和天道报应的时点，人的傲慢，以及他们狂热拥戴的利己民族主义，才会从虚妄的梦中清醒。所谓批判思想，也是在这种瞬间才会跳上一级，达到真格的尖锐。

显然，堀田善卫想一笔清算日本的战争问题，并借《方丈记》的古典记事，让自己的清算包含历史的意味。所以，当行文言及了日本人一般不敢出言放肆的天皇，他的用语骤然逸出常规，激烈而刻毒：

"有一个如启示一样向我靠近而来的东西。自满洲事变以来，作为经营一切战争的最高责任者天皇，以他为开头，一切的住宅、事务所、机关，都已经被烧毁了。若是连天皇都成了罹灾者、也就是说成了难民的话，那就都结束了。结束了，也就是说，又是一个开始。……简直好像混账说话，但它又确实像启示一样向我走来。从上到下，从军人到民伕、从天皇到二等兵、全部的全部，要是都成了难民……"(p.33)

节骨眼上他批判的锐度,令人吃惊。尤其是那一天他的体验中,偏偏有天皇本人的出现。3 月 18 日,天皇对烧毁惨重的下町地区进行所谓视察,报纸上大字印着:"御徒步于焦土"。而堀田目击到:

"从小豆色的、在好天气的朝阳下闪闪发光的汽车中,穿着军服和打磨锃亮的军靴的天皇走下了车。他佩戴着巨大的勋章,而我在避开了宪兵的眼、像工厂废墟一样的水泥墙旁边,估计也就隔着不到二百米的距离。……

我蹲在……水泥墙下。人们跪坐地上,流着泪小声唠嚷:陛下,全因我们努力不足,被烧成了这样。实在对不起!……

在富冈八幡宫的废墟,高级的军人或职员们打开地图靠近桌子,轮班行着最高的敬礼,不知做着什么说明或报告。据我看来那完全是一个古怪的、与现实的大火与烧剩的残迹没有任何关系的、一个异样的仪式……

在这仪式的里面,无需赘言,有的不是生而是死。而且那死,不管谁怎样说,是被强迫的死而没有自己情愿的死。……而此刻,对这些死负最高责任的人突然毫无预报地出现眼前,作为现实这无法相信。这属于理解不可能的事。"(pp.57 - 60)

那次裕仁天皇的"焦土视察",从早晨九时出发,先在富冈八幡宫下车,然后经汐见桥、锦系町、押上、驹形桥后,经由上野于十时回到了宫城——时间只有一小时。

作者目击着焦土上的仪式，愤怒和思考并发。"从天皇到二等兵要是都成了难民"——在一派冲腾的语言倾泻中，他突破了语言的封锁，直指天皇与帝国，抵达了东方知识分子很难达到的、对不义祖国的诅咒。

这是激情更是义愤，是人类的良知在祖国实行不义的尽头，毅然选择抗议与诅咒的勇敢行为。

他显然意识着命题的巨大，他不想把毁灭惨剧仅终结于一笔诅咒。作为也许是日本最自信的知识分子，他更想借托文史，以悲天悯人的姿态，追究日本大国崛起"经验"的深处。于是，一册特别为风流雅士爱读的《方丈记》，一篇十二世纪孤独僧人的古文，就被选中了。

二

《方丈记》不仅与白居易等中国大家文脉相通，还与日本的其他古典比如《平家物语》渊源复杂。时代的经典、流传的名作，在衍生路上总会滋生各种枝蔓，所以选择《方丈记私记》来读《方丈记》，也是个避开纠缠的办法。

如今的读书，大都有紧迫的目的。读一部描述古代灾变毁灭的书，需要一个合适的人，以他目击的现代灭亡作为注释。

早在对它进行版本与真伪的讨论时，源自中国的隐逸思想就被再三强调。2011年东日本大震灾之后，《方丈记》更被出版业发掘出来大炒，说它是最古的"灾害文学"、说它为这"列岛之上总被曝晾于致命的自然威胁之下的人"，提供了一种解说的虚无观。

隐逸虚无的清谈，其实不足为训。无论外国读者或者堀田善衛，他们感兴趣的，一是古典描写的连环毁灭，二是古人罕见的持身方式。

《方丈记》集大成地收录了人能体验的一切灾变，所谓"地、火、水、风"。实际上它逐项描写了古代五大灾难：大火、暴风、地震、饥馑，以及迁都。

堀田也首先从大火入手，这正是他亲历的"经验"。他把1945年"3·10"东京大空袭的烧夷弹大火，与古人鸭长明描写的安元三年（1177）京都两场火事合写一处——业火合流，火狱重叠，这一节是堀田善衛《方丈记私记》写得最震撼的部分。

那两次火灾密集发生在紧接的两年。京都人居然尚能调侃，称其为"太郎烧亡"和"次郎烧亡"。堀田考据说，鸭长明是个讲究亲身在场的人，所以比之有关古籍，唯《方丈记》自发火点开始着笔：

> "传云火源乃自樋口富小路，或自舞人宿泊之小屋而出。随风所向，移烧各处，竟如开扇之状，次第扩展延烧。"（p.14）

虽然"舞人"的细末不易深考，但一笔反映鸭长明的严谨。在他的笔下，火不是向天空攀登冲腾，而是朝地面碰击舔烧。这种烧法，恰恰在东京大空袭那天也被堀田目击，今名为合流火灾。

如今，可以在网络上看到好事者在古代京都平面图上标明的"太郎烧亡区域"和"次郎烧亡区域"。看图才有实感，真是烧光了近半个京都！诸书中有载烧掉了三分之二的，而《方丈记》称三分之一：

> "人或呛噎浓烟而伏倒，或为烈焰卷吞而即死。或一身虽幸免而逃脱，然不及取出资材，七珍万宝，尽为灰烬，其费几许。此度公卿家十六被烧，至于其外不及知数。总计都中，约至三分其一。"（p.14）

灾难之第二项是暴风。文献中称之"辻风"（つじかぜ），大约就是龙卷风。

> "又治承四年（1180）卯月之时，中御门京极近处起甚大之辻风，吹六条一带尽成荒地。笼卷三四町之方圆，其中家屋或大或小，不破者并无一轩。或倒如平地，或仅存柱桁。门为之夺，竟远置四五町之外。垣墙荡然，与邻家早合而为一。又何伦家中财货，早尽数抛入空中。至于桧皮葺板之属，均若风中之冬叶零乱。尘埃卷起，如烟飞立，目不能开。嘶吼震天，难辨人声。即便地狱之业风，想不过如此。"（pp.36－37）

五灾历数，接着是地震及饥馑。他的地震描写被网虫拿来与东北大地震对比，据说惊人准确，本文略。而对养和年间（1181—1182）的大饥馑，《方丈记》笔笔白描，令人过目难忘。

　　"又，岁久失忆，想是养和时事：二年之间，世中饥渴，遂至惨态。某年春夏旱魃，某年秋冬大风洪水。不运连续，五谷难实。因之虽有春播夏植，并无秋刈冬储。国之民众，或舍地出境，或忘家趋山。上虽诸般祈祷行法，却未见其证。……为应急将各类财物点滴出卖，状如舍弃，竟无人为之一顾。交易既成，重粟而轻金。路边已充斥乞食，悲愁之声满耳。

　　前年幸而得过。新年开始，正思改直纠正，无奈疫疠来袭。唯见其之日剧，却不见其形踪。如是，世人无不饥饿，且逐日以增，渐渐至于限界，正所谓渴水之鱼。行至终末，人皆头戴斗笠，足缠裹腿，待打扮齐整，径自叩户乞食而行。……筑地之侧，路之边畔，饿死者不知其数。更收拾乏术，香世界腐变充满，目不能睹，更毋论堆积河原，遮断车马之路。……

　　仁和寺有隆晓法印其人，悲于不知其数之死，每见一尸首，便于其额写一阿字，以使结成佛之缘。不详其数，仅数四五两月，京之一条以南九条以北，京极以西朱雀以东，即写四万二千三百有余。"（pp.72-77）

此文娓娓道来，不急不火。文中写及一些细节，如打扮行乞的京都人，后文中还有卖柴的种种，都于细腻中存一丝哀怜，悬梁不去。

与龙卷风同年发生的迁都，也被作者视为灾难一种。他的观察很特殊。既是迁都，所谓灾难就不是家破人亡，而只是乱世的征兆。

> "古京已废，新都未成。毋论谁人，惶惶然皆作浮云之想。原在此地者，愁旧地之失。新移此地者，叹土木之难。路边所闻见，应乘车者却竟骑马，应着衣冠者尽服直垂，京之风习如此速改，无异边鄙之士。书中有证，谓乱世之瑞相。"(p.70)

开卷到了这一页，突然看见"瑞相"一语，文章陡生亮色。或许翻翻辞书就可以查出这个词，但它更是一次呈现于语言的神秘。一笔"瑞相"，点破无数，它戳透了一切的太平盛世和虚假繁荣，使人如倒吸了一口凉气。

对这个用语，堀田善卫也有类似的震惊。他在简直是充满快感地诅咒、幻想一片"从天皇到二等兵都成了难民"的白茫茫大地时，也曾盯着"瑞相"一词久久呆坐：

> 这里使用了叫"瑞相"的、通常该意味吉兆或好迹象的词。我带着某种恐怖畏怖的感觉以及奇异的联想，曾长久

地长久地注视着这不吉且异样的、叫做"瑞相"的词汇，任时光度过。（p.52）

"乱世的瑞相"，是鸭长明一部古典中，宛若点睛的重重一笔。它是瑞相，而不是情理之中的凶兆。而瑞相兆末日，预言在劫难逃的灭亡。它可能来自典故，也可能源自民俗，在看不见的造词意识里，静静潜伏着唯东方才有的、可称残酷的平淡。但我想这更是语言学对社会判决的介入；它以这个用语，清算了累计的罪行，倾吐了最后的愤懑。它怪异而醒目，如一个诅咒也如一句谶语，它以吉说凶，如一个冥冥之中的警告者。

三

正在描述末世诸相，《方丈记》却笔锋一转，话题指向方丈，转而写了一篇住宅问题。

于是它与中国的先哲一脉沟通。确实，"方丈记"三字使人联想的，首先是"陋室铭"。但《方丈记》用典多出白居易，似乎日本对刘禹锡知之嫌少，而喜欢吟诵白香山。而且他们对著名的"三别三吏"也谈论不多，偏爱的多是浔阳江头、芦叶荻花。

我好奇的是，古代的先哲，为什么都喜欢把命题指向住居呢？

我猜那里埋藏着某些古人的"经验"。但堀田的《私记》写到后半、被文章推近到"方丈"以后，恰恰缺乏个人经验可写了。一旦他被迫对古典考据炫技，就失去了前半那种振聋发聩。

在灾变描写的前半，他把 1945 年 3 月 10 日东京大空袭与《方丈记》的灾害描写置于一处，这使《方丈记私记》跳出了日本文人对《方丈记》的赏玩旧套。不仅书成了对古典的出色解读，作家也抵达了难得的历史高度。

但是一路写到此处，个人的渡世方式与价值观被推上前台，事情复杂了。单凭只因社会认可便恣意文笔的作家经验，不能顺理而成章。顺便说，这一次我读堀田的《私记》，包括以前读他关于西班牙的作品时，都禁不住为日本居然有如此被出版界与读者宠惯、仿佛天赋特权的作家而惊奇不已。好一个幸福的作家，如此地恃才率性，如此地不知收敛！但他却被文坛容忍社会尊敬，留下了那么多涂抹挥洒。

只是，文采在面对一间方丈时，显得单薄了。

鸭长明并非生而愤世。他不仅曾经面对宽敞仕途，而且曾相当靠近权势的核心。他的祖母是皇室亲王的侧近，父亲是京都首要神社的神官。孩提时代他就被授从五品，出世不久又被选作御用文人（和歌所寄人），地位早已剔离出了芸芸底层。然而他注定不会在谦恭唱和中，住豪宅并终老自己。既有命运的簸弄，也有天性的狂傲——总之，曾有的均已化为乌有，他住进了一间草庵。其间发生了什么，已无法深考。在对文章的欣赏中，作者人生的一些要紧事被遗失了。

我猜鸭长明的取道包括方丈结庵，大约是被动的。也就是说，靠的是历史在背上的猛力一击。但也不尽然，人的遗传气质是更基础的动力。遭逢大事，关口之前靠的是个人的决意以及行动——如这罕见的结庵深山。

就文章而言，往往一瞬的醒悟、一句的美文，都要靠呕心沥血甚至斩断后路才可能获得；鸭长明也应遵循此理，否则《方丈记》怎会在日本由他写出？

《方丈记》是难懂的。它似乎隐去了身上真事，在风流文字的烟雾下，深藏了思路。它先细细历数火灾饥馑等五大灾害，再纵横古今大谈隐居。借助辞藻，把一间方丈草庵从南到北、自春至夏、由墙及门，淡彩浓墨，恰如世人营建豪宅一般，它一气遣词造句，营造了一篇美文。

草庵描写篇幅不厌其长，竟然与灾难描写相仿佛。遣文用字之间虽然饱受中国古典尤其白居易草堂短章的影响，而一旦涉及佛教，发人深省的日本思路便跃然纸上：

> 若厌于念佛，读经心不能忠实，可自歇自息也。既无前来妨扰之人，更无对之羞耻之客。纵不修戒口行，凡独居难致口业。何论谨守戒律与否，既无忌戒之境，何从违破之有。……
> （p.193）

"瑞相"出现并警告的原因，是诸般罪业的叠加。罪业积重，终末临近,但人却不知死之将至,拼了性命买房盖楼。从鸭长明目击的古代造屋,到当代横行的房地产泡沫,末世的迹象奇怪地与人的营造房屋密切相关——这真令人费解,但又千真万确。

鸭长明在开篇先确认了这个现实。这就是脍炙人口的开头那两句:江河之水不息而流,其水已非原来之水;世间人与人之住居,宛如流水无一刻停滞——只不过,他虽然正视流水一样的住居现实,却不想对之屈服。既然坚信结局的毁灭,他就选择了方丈。

> 所谓造旅人一夜之栖,若夫老蚕之作茧。……
> 广阔仅有方丈,其高约在七尺。(pp.179-180)

与方丈对立的一极,是愚众的营谋。一篇之中最要紧或者最善意的一句话,或许就是这句劝诫:

> 人之所营,皆属愚昧。其中,尤以于危险如斯之京都,营造家屋费财烦心者,最为无聊愚劣。(p.33)

一个"营"字概括了人愚痴的蠢动。

堀田就是因为想到了这一段,才浮想联翩,为他的《方丈记私记》找到了"从天皇到二等兵都成了难民"的一笔点睛。为注释这个"营"字,我曾想去腾讯新闻抄点新鲜趣事,但开卷眼花,还是作罢。

不用说,"营与方丈"的对立只是潜层的涌动,房屋的泡沫正被众人吹得起劲。虽然日本的网虫在热议鸭长明,书店门口也有人站着读《方丈记》了——但那永远只是少数,人仍执着于愚蠢之"营",从血统相袭的房屋营建,到人生物欲的孜孜营谋。

四

日本人对这篇草庵山水的意境,爱不释手。尤其有名士情结的人,对它更一段段烂熟于胸。

黑泽明在逝世前推出的谢幕意味浓厚的作品《Mādadayo》(まあだだよ,即小孩藏猫猫的喊话"还没好哪"),其中有一个情节:"3·10"大空袭之次日,房子已被炸成了一片废墟。方圆左近,只剩一间火柴盒般的小门房。主人公老教授(诙谐作家内田百闲乃其模特)与夫人并肩一坐,小屋立刻挤满。案上摊开一本书,正是《方丈记》。

那个镜头的雕琢感很强。显然想重现"方丈"、制作调侃的意境。电影中还有几处提及这部古典。堀田善衞《私记》在描写到东京大空袭时也提及了内田百闲的《东京烧尽》,似有"同为方丈记中人"的认同。(p.75)不过黑泽明这部辞世之作讴歌的,依然是一派乐观的表示、是生之愉悦和壮心不已——其实与《方丈记》的暗示未必一致。

无独有偶,老幼皆宜的动画片导演宫崎骏,甚至要把《方丈记私记》拍成动画片。毫无疑问，用动画手段把"3·10"东京大空袭及古代京都大火合为一集呼应表现，一定会效果极佳；而我感兴趣的，是动画片是否真敢把那声抗议喊出来、把那个关于"从天皇到二等兵都成了难民"的思想表达出来。①

所有的达观诙谐和老来童状，只要不是那个"白茫茫大地真干净"的意境再现；只要不是那种太过愤怒乃至无言、诅咒尽头终于失语的心情表达——就不能说体现了古典的本意。不管是谁，包括黑泽明和宫崎骏，无论哪个国家的人，只要依然怀着对自己国家的狭隘民族主义情结，他就一定将败于肤浅。因为十二世纪的鸭长明已经与祖国做到了彻底的彼此他界。因此他笔下的一间草庵，他关于毁灭的谶语——才能获得不灭的价值。

毁灭的主题，在种种"瑞相"衬射下恐怖而不吉。它就在明日守候，等着蝇营狗苟的愚众。而方丈之庵一直在对抗"瑞相"。没有罪孽尽头的死灭，没有五灾加顶的恐怖，就无法理解方丈的抗议。

文字愈是白描简练，灾难就更加逼真临近。而宗教一直静静地一旁陪伴，给叙述涂上讽己悯人的佛意。"唯鼓舌根，虽无所求，仍念阿弥陀佛二三遍而终。"

罪深业重的世界必将毁灭，如忽喇喇的大厦倾。"吾却自爱一间之庵"，如今方丈是他与世界对峙的堡垒。（pp.237－238）

---

① 似乎这动画片被搁置了。据说已有一些半成品，在某地被收藏。

他终于一职未就，一文不名，悲天悯人，哀其营营。他俯瞰着都城高楼，寄身于方丈文章。而世界似乎也就为他而成立了，他以后的知识分子中，有人敢于诅咒"从天皇到二等兵都成难民"，敢于抗议不义的祖国。

2006 年秋购书于神保町，完稿于 2014 年春

看那匹苍白的马

上世纪八十年代，人人读书，对外国文学开卷有益。在一个短暂的时期里，我也时而读些翻译小说，意在呼吸些舶来的新鲜空气。读过什么忘得光光，唯独记得在上海一个翻译杂志（或许是《译林》?）上读过的一个故事，准确些说是一个印象，被我下意识地记忆了二十年。

细节早已漫漶不清。但其中描写了一个国际势力组织各种人才、分工合作，拼凑出一部世纪文学名著的故事——使我不能忘怀。长久以来，它给我以持续的刺激，使我牢牢记住它的那个离奇的思路和不祥的形象。尤其题目，那书题如一个镂刻的浮雕，如一帧黑白悖反的胶片，令我长久地忆起。题目大约译为"瞧那匹灰色的马"，作者是日本作家五木宽之。

——就这么，在保留了对它的二十年印象之后，我趁一次去日本，把它重新买到了手。

先是小说的题目需要吟味。

日文的书题是《蒼ざめた馬を見よ》,确实可以译为"瞧那匹灰色的马,看那匹斑白的马哟"。只是,有一个颜色的问题不易说明。

也许日语暗暗继承了阿尔泰语游牧民族对牲畜色彩表达的基因? 这个"蒼ざめた"带来的古怪感觉,用汉语说它不清。倒是蒙语中有贴切的对应。"撒了"(saral)在蒙语中是最常用的描述白马的颜色,但那是一种不纯的白,编字典的蒙古人居然用"污白色"来表达。"薄了"(būrul)则更文学化,它用在马以外的描写时大都是褒美的。它的含义并不是白,却常用于白,比如"白毛女"一词用的就是它,译为 būrul huhen。我想强调的是:这一类马往往不是民间文学赞美的对象;因为一匹不太干净、斑驳杂白的马一掠而过,给人的视野和心里留下的——是不悦的感觉。

所以拿蒙语的色彩感觉来理解这个书题,就多少有了一点必要。因为拥有类近(甚至更强烈)的语言心理,特别对这一篇乃是读解的条件。在这篇小说中,为着要描画一种禁忌和不祥,语言的色彩含义被凸显和涂厚:一匹掠过视野的马,它带着惨白、浅灰、斑驳、污浊的白颜色——于是紧张的感觉被加强,而且宗教化了。

一个意象就这样建立起来。那是一匹古怪的、颜色非青非白的马,倏忽掠过了视野。

它是谁？它是什么？

谁都这么问。就连我，只是因为给人讲这个读来的故事，不知被朋友们问了多少遍。

但我想，若想找到解答，恐怕要耗尽探索者的人生。小说并没有提供清晰的解答。它只是把一个灰白怪马的意象塞入读者视野，并让他们从此心绪不宁。就像小说中写的，这些读者也似乎——看见了不该看见的东西。

二

叙述这个梗概会嫌太长。但梗概一交代完，该写的也就差不多都写了。

梗概大体如下（引号内楷体部分为原文）：

某大报的年轻记者鹰野，一天被上司（报纸的社论负责人）叫去谈话。上司并不开门见山，只是饶有兴趣地问及鹰野参与工会活动的事，尤其对鹰野主张的"绝对的言论自由"再三确认。之后，上司拿出一个大信封，让鹰野自己读里面的内容。

这是一封长信，是一个身患绝症即将辞世的日本老学者的临终遗言。

信中讲到，他曾在苏联索契黑海边的度假地，偶尔遇到了他一直倾心研究的苏联文学大师米哈伊诺维奇。他冒昧上前问候，但却遭到拒绝，大师不承认自己是米氏。

日本老学者无奈默默离开，但苏联老作家却又找上门来。他把一个篮子托付给日本人，里面是他的生命之作。他说此书已无望在苏联出版，因此请求日本知音能伸手相助，把作品拿到西方世界出版。

老学者彻夜读完了篮子中的手稿。沉吟良久，但最终这位日本的俄罗斯文学研究专家不敢涉险政治，婉言回拒了老作家。

时光飞逝，老学者一直因自己对终生热爱的俄罗斯文学的背叛，而痛苦不堪，此刻临将就木，他把此事托付给自己的生涯密友即报社负责人，希望他能完成自己的遗愿，救出那部世纪之作。

主张绝对言论自由的鹰野，乃是被选中的赴苏联取手稿人选。他早在大学就是俄罗斯文学专业的学生，而且对大师米氏尤为喜爱。一诺既下，他从报社退职，只身飞往苏联。

到达后他两次登门造访，均吃闭门羹。米氏不仅不承认自己有什么大部头手稿，更宣布不认识什么日本老学者。

鹰野在闷闷不乐中，一个犹太女孩奥列伽靠近了他。一夜情后，得知女孩恰是大师米氏的家庭秘书！鹰野虽觉蹊跷，仍不管那么多，径自要求女孩帮助他见到大师。于是，一个深夜，女孩领他到了曾吃闭门羹的公寓门前。

女孩开锁入门，两人摸入漆黑走廊。似乎听见隔壁响动。但一进客厅，童颜银髯的大师米氏正端坐等待。俄国老作家谈起了索契海边与日本老学者的往事，又为对鹰野的拒绝道歉，接着取出一个篮子，里面正是那部手稿。

鹰野回到宾馆，连夜把书稿拍成了胶片。接着又托一个使用外交护照的日本人，把书稿带出了苏联。

那以后，一本奇书在全球轰动。

此书先在日本匿名出版，题为《看那匹苍白的马》。附言说，手稿是一个有良心的日本新闻工作者带出苏联的。仅迟于日本一周，英译本追逐问世。瑞典的著名大社出版的这部长篇小说，在欧美读书界引起了巨大反响。

事情的发展如雪球飞滚。纽约时报书评说，"这是一个自己把俄罗斯选为祖国的、三代犹太系俄罗斯公民的故事……如果这部作品应该获奖的话，那么究竟该把奖授予谁呢？我们期待着苏联文化界能进步到——使如此名著之作者能堂堂公开自己姓名的地点。"

德国杂志则推理地猜测作者是谁，分析他与普鲁斯特、卡夫卡等犹太作家的精神血缘的谱系。巴西杂志则更带拉丁式的浪漫，根据独家的消息大谈"勇敢的日本记者放弃一切金钱要求、拒绝美国出版社高价购买书稿入手经过——的武士式行动"。

紧接英译本，德法意等共九国语言译本逐一问世。好莱坞大腕制片人 M.詹姆斯宣言要把它搬上银幕。"《看那匹苍白的马》的问世，令人惊叹地、巧妙地波及着电视与广播而进行。它宛如把全世界的媒体都作为对象，在进行它的宣传活动。如此有组织地、强力和急速地，作品的话题扩展到了世界。"

三个月后，又一个消息震动世界：著名的苏联老作家 A.米哈伊诺维奇突然遭到逮捕。罪名是在海外匿名出版反苏小说《看那匹苍白的马》，非法获取巨额美元。

　　媒体再次亢奋，米氏照片登载于全球各大报。不仅媒体，连亲苏的文化团体也大声抗议，呼吁言论的自由。国际的签名声援已经开始，甚至各国共产党的机关报也纷纷声明，谴责对米氏的逮捕。左派团体因对米氏评价的不同，发生了混乱与分裂。紧接着，苏联公布了在米氏公寓里发现的书稿打印件、打字机、大批美元、瑞典出版社的支付证明、约稿信等等物证。而米氏本人则表示对一切毫无所知，尤其不承认此书是他的作品。

　　苏联开始了审判程序，公审日正刻刻临近。西方则口诛笔伐大行抗议，伦敦泰晤士报发表的关于立即释放作家的要求书上，四十九名欧美各国的一线作家，大名赫然联署。在公审开始之前，苏联已经陷入彻底的孤立。

三

　　话分两头。

　　鹰野在去年那场现代版的武士行动之后，莫名地陷入了一种孤独。他被安排到一家广播公司担任一个闲职，每天干些可有可无的杂务。他变得沉默寡言，早从工会活动抽身，并开始考虑结婚过日子。

在去年秋天他弄到手的书稿被翻译出版的过程中，他体味到一种微微的不快。他自学生时代就由衷喜爱的米氏，应该是一位"与煽情主义处于对立之另一极"的作家。而《看那匹苍白的马》"搭乘着庸俗的商业宣传，一路成为快卖榜首，给他带来一种生理的厌恶感觉"。

他回忆年轻时的初读。那时令他感动的原因是"作品有坚实的结构，又被绵密的细节所支撑，怎么看都有那种俄罗斯文学的庄重安定感。而且一些情节，早已是超越描写的、在深处闪烁一样的真实"。

但是此刻读着，却觉察出一种微妙的相违。在这部长篇里，没有他熟悉的那种一贯于米氏文学中的某种东西。米氏作品中，随处永远都藏着一种使作品不再安定的、黑暗裂缝般的虚无感。因此小说失去安稳，给人动荡的感觉。这正是鹰野被米氏文学吸引的原因。也许可以说，那是"过早看够了不应该看的世界的人的、干渴的虚无主义"？

"但在《看那匹苍白的马》里，却没有它。有的只是剥露的愤怒，只是对犹太系国民的悲惨命运的、活活的抗议。虽然也能使人感到超越种族响彻人心的痛切，但那与昔日给他以撕咬般刺激的米氏，总之并不一样。或许，他甚至想，这个作家本质上只是一名短篇作家？也未可知。"

在米氏被捕的媒体喧嚣中，鹰野最不能理解的，是米氏居然拒绝承认自己是作者。这怎么也不像米氏。但是苏联方面接续公开的物证,尤其西方出版社的支付证明和美元现金等物证,使鹰野如陷五里雾,困惑不已。

而小说的戏剧性,才刚刚开头。

一天,有一个外国人丹尼尔来访。开门见山,说因俄国作家米氏的问题,想请鹰野去见一个人。鹰野摆出生硬的拒绝姿态,丹尼尔说,那么你将一生都不明白自己干的事。于是鹰野坐入了他的车,径直开到了横滨。登楼进入一间密室,里面坐着一个人——

居然是米哈伊诺维奇!

鹰野目瞪口呆,丹尼尔娓娓道来。原来,在列宁格勒拒绝了鹰野的米哈伊诺维奇,乃是真的米氏本人。他拒绝,是因为他根本没有写过什么世纪奇书,也不认识什么日本老学者。而后来鹰野和奥列伽穿过黑暗走廊在客厅里会见的米哈伊诺维奇,却是一个深夜出演的波兰难民。他在一个"巨大的组织"的指挥下,先在美国某医学院的研究所里接受了整形手术把相貌弄得酷似米氏,然后又在一个著名排演场、在世界闻名的好莱坞名导 R 的辅导下被教会了所谓作家的行为套路并谙熟了米氏大师的举手投足——最后他坐在米氏的客厅里,等着日本武士的到来。

而真正的大师米氏及其夫人,那一刻却已被奥列伽一伙的蒙汗药放翻,正在隔壁房间里昏睡。所以穿过黑暗走廊时,鹰野曾觉察隔壁有动静。奥列伽则是一个"坚信自己的犹太双亲均死于苏维埃之手"的年轻女性。不用说,她从鹰野进入苏联就盯上了他。

"说到底,这不过是从美第奇家以前就一直反复进行的、所谓知的战争的一例而已。"丹尼尔继续解谜。哪怕苏联正出现柔软的迹象,西方要把共产主义无自由的标语,按月地钉进世界大脑的总方针不会变。于是,早与"巨大的组织"关系密切的报纸社论负责人提出了一个出色的发想:伪造一封日本老学者的临终遗书、虚构苏联文学大师米氏藏有一部世纪奇书而不得出版的故事、并使用日本人启动预案。由日本人操刀,可以不负责任地达到效果。舆论大哗后,他们又利用预先放置在米氏家中的种种物证,把老作家推向峰顶浪尖。苏联老作家就这样因为一部自己全然不知的自己的大作,被推上了专制的审判台。米氏骚动方兴未艾。即便就在今天早晨,丹尼尔说,一家杂志还在谴责专制,说"东方的内部就是如此"。

核心的情节是:

"那个组织秘密地召集了反苏作家的小组。他们美元买发言,收集了苏联的犹太人问题资料。然后以讨论方式,让这一作家小组进行长篇小说的制作。他们对米哈伊诺维奇彻底地进行了直到文体、用语、比喻、会话的研究,当然也绝不能小觑大型电子计算机达到的效果。成为这一部伪作的基础的,乃是一个犹太系难民的无名作家所写的某一家族的历史。组织买下了它,委托专门的作家小组对之进行细部的打磨。之所以那部小说有一些情节很感人,乃是因为还残留着原作者的真实。而使作品的结构与文体都扎实像样，也许就得说，那是专业小组集体加工的成绩了！……"

这个组织是 CIA 吗？谁都要这么问了。

小说答曰：

"这不是一国的情报机关，它是联合了世界自由主义阵营的、统一阵线式的国际组织。"

丹尼尔接着自称：他本人，就是采取与如此谋略相对抗的立场上的一个专家。后文中他又披露了自己也不是独行侠，也背靠着某个组织。他追踪一根根线索，几巡天涯海角，终于抓住了乔装大师的波兰人，并根据他的自供，弄清了这本世纪经典的全貌。

"无法相信！"鹰野大喊道。

"信与不信，随你的便。"

四

如此的作品，不能不使人重新把目光对准作者。

作者五木宽之接着写道："在鹰野的眼里，看见了一匹苍白的马。"

如果说五木宽之的《看那匹苍白的马》是一本隐语或谶语之书，那么，这匹不祥的马就是最主要的一个隐语。包括小说的书题，包括戏中戏里那部集体制作的"世纪经典"的书题——随叙事发展和语境变移,这个隐语曾几次使用,含义不断扩展。

五木宽之不露声色地表明了他对短篇小说的观点。

本质上因思想的含义以至于无须拉长篇幅的作品,就是短篇小说。当然,这一借对米氏的感悟写出的概念里,藏着五木对自己这一部的自负。确实,如此的纸短角多、说清它要说得口干舌燥,其实文库本不过百页。按中国流的小说划法,就在小中篇与长短篇之间。

苏联的黑幕专制、与揭露这一专制的国际黑幕;死亡与悲剧的记忆、与一种利用记忆的谋略。在圣经故事中,也有死亡骑着一匹灰马的意象。但是难道它就是那种"巧妙得堪称艺术的恶意"、并且"以自由这一观念为钓饵,给世界设置了巨大的陷阱"么?

"过早看见了不该看见的东西",是小说反复点击的另一句隐语。

到底看见了什么?作者依然并不打算做出充分的说明,而是引出了另一句隐语:"今天烧哟,今天是烧的日子。"

小说在这里言及一个背景,它同时是小说主人公与作者五木宽之的背景。1945 年日本战败,十二岁的主人公被收容于北朝鲜的收容所。每天都有人死,尸体被集中一处等着轮到火葬。每逢到了规定的日子,看守就敲着梆子,边走边喊"今天烧哟",于是就把尸体拉出去烧。他目击过这一切,"过早看见了不该看见的东西"。

北朝鲜收容所烧尸体的经历，与纳粹集中营的"烧"更与西方宗教的"燔祭"遥相呼应。这一笔，夹在一个国际组织伪造营制的一本涉及犹太人历史的大部头构思里，使五木宽之这部短篇达到了相当的难度。

尤其那匹苍白的马。它时时掠过眼前，成了一个冥冥中居高威胁、但又被视为禁忌的意象。随着情节的发展，作者多次使用过这个意象。所谓不该看见的东西，随语境的变幻各有晦涩的所指。

对于这个世界上的一部分知识分子而言——他们对西方文学艺术的先锋与优秀，先是在六十年代迷信接着在八十年代摹仿、后来却逐渐不以为然而最终选择了与之分庭抗礼，并进而在一切文化与政治的领域以批判其为己任——当他们突然回头，发觉早在1966年五木宽之就发表了如此一部《看那匹苍白的马》，他们瞠目结舌，只觉不可思议。无法不承认：不仅在六十年代、哪怕在今天，这样的思想也是罕见的。

怎么可能呢？

五木宽之怎能达到如此拔群、甚至堪称预言的眼光？他可真能称为短篇作家了，凭着这俯瞰着人的认知规律的作品。

幸亏集子中的其他作品，都是"正常的"也即平常的篇什。否则我们就真碰上预言家了。我还没有读过这位作家的背景或个人历史。从文库本扉页上的作者简介得知，《看那匹苍白的马》虽不是他的处女作,也是他早期的最初(动笔第二年)作品。再之前,他有日本败战后在北朝鲜囚禁九死一生的少年经历。他显然对俄罗斯有着独特的把握,而且并非只因出身于俄语专业。他对西班牙内战的观点几可称为"思想卷入",对共和派倾注了很深的感情。但是,单凭如此这些,还不能解释"那匹苍白的马"。

凭这一篇可以猜测,他可能是最重要的作家。当然由于这一篇的木秀于林,对它的个案研究应该是一件长期作业。我预感,揭破和究明他的精神履历与思想构成不会是一件简单的事,显然知识界对此远没有足够的基础准备。顺便再抄一个信息:五木宽之在七十年代初曾说,"美苏冷战结束后,将出现未曾有过的反动的季节。"(新装版 p.317,解说)

又是一个惊人准确的预言。

也说不定,他在起步之初得到过一种深刻的启蒙,或者一语点破的指点。总之现象就是这样,他用一匹苍白色的马,提醒世界正临近的危险。当然世界没有留意,甚至根本没有听见他的声音——这对于作者,或许未必一定是一桩坏事。倒是我对自己二十年一直记着他这件事饶有兴趣。找来原作读后发觉,当年怎么吃惊,今天就还是怎么吃惊。

究竟什么才是五木宽之投身文学时的思想焦点呢? 换句话说,在他那时的视野里闪过的、那匹不吉利的白马,究竟象征着什么呢?

不知道。如书题的呼唤,我们唯有注视而已。

我们只能追随着——作者潜意识中因阿尔泰语言基因的暗示、写出的那匹"蒼ざめた"saral 或者 būrul 色的联想，注视那匹追逐着我们的不祥的马，看看它最终要带来什么。

2013 年岁末，日本归后

引文均见《蒼ざめた馬を見よ》，

文芸春秋社新装版，2006 年 12 月

第五辑

把心撕碎了唱

　　它可不是几支村歌野曲，一角遗风艳俗。弗拉门戈——它高贵地昂着头，更高傲地冷面俯视。它虽然流行于底层，却是一个绅士淑女津津乐道的领域。比如日本人就对它很有兴趣，处处有学习弗拉门戈的俱乐部。它是一个国际瞩目领域，多少专家以捉摸它为业，大部头的著作汗牛充栋。

　　其实无论谁写，都是那么一些事儿。但它的特点就是酷似魔法，能在不觉之间引着描写它者走上岔路。由于受它吸引，我曾如饥似渴地去书里寻找答案，但读了一批名著后，我还是感到涉及安达卢西亚的诸大写家在面对它时，都好像突不破隔着的一道纱幕，说不清弗拉门戈的究竟。

　　——写着写着，他们就描画起一个耸着肩膀敲踏地板的黑衣女人。在格拉纳达的阿尔巴辛，住在窑洞里的吉卜赛人一个家族就是一个剧团。脸庞消瘦的女人转动裙子、硬鞋跟踏出清脆的雨点。但是，弗拉门戈是一种民俗舞吗？

我自己更是提笔之前已经不抱希望。甚至我连阿尔巴辛窑洞里那种供应旅游客的演出都没看过。但对这个题目的不能割爱，并不是说我没有不妙的预感；我抚着键盘，一阵阵觉得说不清道不明，好像刚达斡尔（歌手）在开场之前已经声嘶力竭。

远处它的影子，呈着暧昧的黑色。

弗拉门戈，你究竟是怎么一回事呢？人们都被你迷住了，而你却端着架子，神情严峻。一般说来它可能可以算是一种歌，或者算是一种歌舞演奏。但这么说又显然不准确。有人把它划为无形文化；但是除了西班牙，全欧洲的艺术里都不见这一门类。我一开始就抱着异端的挑剔思路，我感觉它来历复杂，没准它起源于某种宗教仪式。

我说不清，但是我感到自己一直追逐着它的影子。

描写这个影子不是一件易事。有关它的资料似乎被故意搅乱了，对它的体会也难以名状。我已经多次这么感叹——显然，文字无法对付这一类感受。

一　baile（舞）

第一次接触它是在日本。

那次一个教授款待我去箱根。在小涌园的旅馆里，消磨时间的客人人声鼎沸，一桌桌正谈得火热。我突然看见桌前有一个全身黑色的女人，在为晚餐的客人独舞助兴。教授告诉我，这是西班牙舞。我不觉看得入了神，但那时我不知道这是一场弗拉门戈。那个女人并非美女且人在中年，但她瘦且苗条、硬肩细臂的姿态，却如磁石般引人。

小涌园是一家著名旅馆，连中餐厅厨师都聘自北京钓鱼台。客人五光十色，有一个兴起离桌，搂着女伴，扭起在日本罕见的"但斯"。多数的客人边饮边谈，顺便瞟过一眼，看看助兴的西班牙舞。

非常巧，她们演出的空场，就在我们那张桌子旁边。本来我有不少事要和教授谈，本来我曾想获得一次休息；但是她却成了那一夜、成了箱根的全部记忆。

她的黑裙离我非常近，我一直看着她刀削般的脸庞，还有她低垂着的眼皮。当她激烈地舞着，时而靠近我时，她正急促地呼吸，一股气息逼人而来。也许因为她是在为一群动物般的富人伴舞，我觉得我嗅到了她正压制着的愤怒。但那舞蹈恰好是无表情或者表情严肃的，所以她很容易掩饰自己。而我被这种神色震慑，或者说被吸引——我感到了强大的魅力。她脸上刀砍般的轮廓里满是沧桑，与她苗条的姿影相反相悖。依稀记得一群男子在稍离几步的地方伴奏；可能那儿有一个乐池，伴奏使用的是吉他还是什么，已经记不清了。也许还有伴唱？但我没有听见。

她甩动黑裙、敲响靴跟，就在我的桌前跳着。何止毫无笑容，她简直神情严厉。那舞蹈里没有半点媚意，甚至毫无女性的温柔。说不清，究竟是我没见过这样的女人，还是没有见过这样的舞蹈。她的舞蹈里有一丝不动声色的寂寞，可惜被豪华酒家的周末之夜压挤得似存似亡。

就这样我第一次接触了弗拉门戈。虽然它与极富色彩的日本接踵而至，使我没能仔细留意它——但是，一点滋味和一丝印象，悄然潜入了我的记忆。此刻回忆着，封存的印象轻轻复苏了，那一夜箱根的细节次第涌出水面。

那是一个舞蹈的印象。是一个成熟的、舞蹈的、孤独的、拒绝的女性形象。愈是耽入回想，那黑裙的舞蹈愈是逼真。它给人，给满脑子的舞蹈概念以毁灭的冲击，须臾间便否定了关于舞蹈的旧说。没准儿，我想唯现代舞与它有些类似，但现代舞远不及它，黑色的它高踞一切之上，毫无现代舞那搜尽枯肠的本质。

有时舞步离我很近，趹趹趹的震动传入内心。黑色、中年、苗条、严厉——这魅力是特别的。那舞不是踢踏，却更富踢踏。显然穿的是硬底鞋，它敲击地板时，轻脆的节奏密集得夺人想象。

可是，尽管我为这异族情调的轻敲浅踏、对这种舞的跳法喜欢极了，但是我愈来愈明白了：吸引我的不是舞而是跳舞的人。

后来，2003 年我在马德里看过一场真正的大型弗拉门戈，滋味神妙的《一千零一夜》。虽然那是一台极为精致的弗拉门戈舞台剧，而且那时我已经对弗拉门戈下过一番功夫；但我要说它带给我的——不及箱根印象。

娇嫩的演员们贬值了。因为她们亭亭玉立的身材里，不仅欠缺一丝韵味，还少了一种打击般的力量。身材的完美是先决的；但在这个条件之后，好像西班牙人更青睐舞者的年龄。也许，它就是要结合女性的美感和苍凉？我不知道。反正它散发的女性信号独特。若把她算作女性它就是魔女，先勾走人的魂魄，再给人警告和拒绝。我承认我没见识过这样的女性，她给人振聋发聩的感觉。但是她不给人一个机会，比如显露笑容的轮廓，绽开脸颊的肌理——所以没有谁能判断，她其深莫测。

就这样，在对她和对我都是异国的日本，在一个休息的瞬间，我目击了一次弗拉门戈的表演。那独舞的西班牙女人皮肤黝黑粗糙，你并不怀疑她属于底层世界。她脸上如满是刀伤，棱角鲜明神情冷漠。她先以魔法的磁性吸引，再以高贵的质感否定。在她的舞蹈面前，茫茫盛装的食客，如粗俗饕餮的动物。

满堂都在享受，它在其中服务——但那一袭黑裙激烈闪烁，唯它傲慢，唯它至尊。

唉，那一夜的箱根！……

后来朋友问到我那时的细节，我却忘了是否有过音乐伴奏，也记不清她是否有舞伴。我不知舞蹈题目，甚至没记住——弗拉门戈这泛泛的名称。

我只记得那一夜，恍惚间我陷入了瞻仰的幻觉。解释不清的一丝崇敬，至今似乎还挂在脸上。就这么，我从日本古老的名胜，带回一个西班牙的印象。我带着对箱根的歉意说及此事，但日本人听了却洋洋得意。那时虽然我连它的名称都不知道，但是我却记住了它，并把它当作了我理解的弗拉门戈。

这就是我和它的初次邂逅。

二 cante(歌)

关于弗拉门戈的概念，以及那个黑裙印象，在西班牙的科尔多瓦被打破了。

已是初冬的 11 月。天气愈来愈冷了，既是旅人，就要加紧赶路。可是在这座古代穆斯林的文明之都，总觉得有什么事，还没有办完。

我们多少惆怅地，在科尔多瓦过着最后的几天。

围着今日成了天主教的主教堂、但名字却叫做 La Mezquita（清真寺）的科尔多瓦大寺，人确实舍不得离开。但若是进一道清真寺的门就要花六个半欧元，又实在使穆斯林觉得太过分了。于是我们在那水渍斑驳的黄石头墙外散步，从外面欣赏这传为奇迹的建筑。这儿是安达卢西亚的深处，如果在这儿不能看到弗拉门戈，机会就剩下的不多了。弗拉门戈，它在自己的故乡，在浪漫的安达卢西亚，总不会和它屈辱地在日本为人佐餐助兴时，那么一副冷峻的脸色吧！

我不住地忆起那个黑裙女人。

见人便打听弗拉门戈。那些在咖啡馆消磨时间的大汉们打量着我们，脸上堆着嘲笑，回答也不怀好意：

"Japonés（日本人吗）？弗拉门戈？去格拉纳达呀！去阿尔巴辛背后，去圣山的吉卜赛山洞呀！弗拉门戈就在那儿，专门给日本人演出。旅游车可以开到旅馆接你,一个人只要三千五百比塞塔!"

我恨恨地咬着牙。

不但又把我们当日本人,而且对日本人的嘲讽也不公道。我知道他们说的山洞,那个地方在低劣的电视片里屡屡提及。做解说态的特约嘉宾活像妓院老板,在花哨的窑洞前侃侃而谈。他们哪里知道,脚下便是摩尔人起义的阿尔巴辛。顺着迤逦而上的那片荒凉山坡,就是今日以招徕日本顾客出名的萨戈罗蒙黛(Sacromonte,圣山)。我们起码不想花那些钱,其次我们要弄明白这个古怪文化。可是,查遍各处也得不到消息,谁知道我们能与它推心置腹的弗拉门戈,究竟在哪里呢?

在格拉纳达的红宫脚下,顺着达罗河的路口,若是仔细观察可以发现日本学生贴的小条——给同胞指示去萨戈罗蒙黛的路径,甚至价格。读着那些熟悉的娃娃字,我心里悄悄喊道:哪怕放弃不看,我也决不去那种骗人的山洞!

所以就要感激科尔多瓦的旅游局。我们说,别给我们介绍窑洞。我们想找到一个拜尼亚,和那里的人交流。拜尼亚(peña)是一种弗拉门戈的私人聚会场所,有些像小规模的行会。据说他们不做商业演出,peña只供自己人交际和娱乐。

旅游局的那个小伙子好像看透了我们的心事。我们已经失望地要走了,他却掏出了一个小本子。

西班牙的旅游信息接待非常发达。尤其在一些大城市,你问哪儿有反政府游行他们都答得出来。而科尔多瓦旅游局自然因城市的特殊而更加熟门里手,如今回忆起来它简直就像阿里巴巴的门房。大概是听我们拜尼亚、拜尼亚讲得太内行了吧,或者就因为他本来就是个大学生,也全靠免费的古迹、画展、演唱、公园过日子;他翻着记录说:

别着急别着急,弗拉门戈……有一场! 这是本城广播界的一项纪念活动,免费,在周末,地点在——

周末晚上,我们早早到了那个广播界的会场。

我抢先占据了第一排座位。离开始的时间还有两个小时,几乎还没有什么人到场,只有几个服务人员在忙碌。

小小的场所,很像一个大会议室。朴素简单,只摆着一排排折叠椅子。没有幕,没有音响,没有舞台,没有麦克风,没有风骚的主持人。但是开场之前人挤得满满,坐在第一排朝后看,看着满堂的观客我不禁得意。幸亏我们笨鸟先飞,早早地占了好位子。西班牙人打量我们的眼神里有一丝笑意,像是心领意会地说:我们的弗拉门戈当然是一流的。瞧,还没有传出消息,识货的日本人已经来了。

他们都认为,日本人是西班牙魅力的欣赏者。无论我怎么解释,反正没人相信中国人会喜欢弗拉门戈,哪怕我早到两小时占位子。但他们的脸上表情友善,他们满意有人能找到这里。

我憋住不露声色,分析这里的场地。若为了照相方便,还是坐得靠后些更好。趁着还有空位,我们挪到第五排,尽量坐得舒服,等着弗拉门戈的开始。

于是对弗拉门戈的概念就在科尔多瓦被打破了。

不是记忆中那垂目低眉、瘦削严峻的黑衣女人,这一回,随随便便走上前面两把折叠椅的,是两个男人。

高个的是一位长鬈发的美男子,握着一柄吉他。那家伙确实长得英俊,铮铮地调试着手中吉他。可以理解他按捺不住的那股自梳羽毛的派头。漂亮不漂亮,看你一会儿的吉他,我想。

我已经预感到:黑裙子的女人不会出现了。

箱根的印象裂了缝。我面前的弗拉门戈,是完全别样的。幸亏急忙地补课,使我好歹懂了一些大原则——所谓现代的弗拉门戈,大体上由这么三部分组成:刚代(cante)、铎盖(toque)、巴依莱(baile)。也就是:歌、琴、舞。不是三者缺一不可,但"歌"排在第一位。

鬈发的大个子吉他手开始调弦。也是后来我才懂得:这种吉他手非同小可。在弗拉门戈中,他的伴奏叫做 toque;给我讲的人强调:"铎盖"不仅只是伴奏而已,toque 是弗拉门戈的一部分。我暗想既然是乐器,又怎么不仅是伴奏呢? 听不懂。吉他在他极长的手指拨弄下响起一串复杂和弦,场子里的人一阵鼓掌。难怪他锋芒毕露,我想。不仅人是美男子,而且角色本来也不只是帮手。

另一个则其貌不扬，是那种常见的，咖啡馆里端着杯子翻报纸的老头。他没有如吉他手那么打扮，穿着一件外套，没有系上扣子。他的表情有一丝局促，坐下前似乎有些紧张。如果不是后来我懂得了这就是大名鼎鼎的刚达翰尔（cantaor，歌手），若不是我后来才感到弗拉门戈的核心，不是不苟言笑的长裙窄袖的重踏轻旋，而是一支孤独嗓子的嘶喊——我是绝不敢相信的：他，一个随意的谁，居然就是弗拉门戈的主角。

开场也简单之极。

老头只是放下了杯子，望了一眼同伴。

一声粗哑的低声就这么响起来了。开始没有伴奏，这声音完全不是唱歌人的那一类。毫不优美，更无圆润，也没有什么逼人的男性气息。咿呀地唱了几句以后，吉他开始追它。歌者突然亮出本色，猛地拔高了声音，那一声撕心裂肺的喊叫震慑了全场的空气。我的心被他扯着一下子紧张起来。急忙问歌词，他的词只有一两个。

> 啊，你死了……
> 妈妈！你死了

若是在其他另一个地方，也许这样唱会使人不以为然。但是奇异的是，他的歌词却直击人心。我发觉一股强烈的伤感正在自己胸中浮起。我压抑不住它，我发现全场的人都一样，他们被直露的喊声引诱着,也渐渐陷入了哀痛。这歌实在古怪,简直像一种咒语。我竭力分辨,心里反驳着。若是在北京你随意扯出死的话题,人们会把你笑话死。而这儿是科尔多瓦,这间屋子漂浮的气氛,鼓舞人唱出别处耻于开口的话。我突然联想到蒙古草原的古歌,那种歌也不能在北京唱;也是靠黑旧毡包和牛粪火,才能苏醒活泼的。

　　我再也没有……
　　像你的母亲……

　　不可思议的感觉攫住了我。它不是歌曲,我觉得他是在说话。这男人唱的不是歌曲,他只是寻机在这儿自言自语。一节悄然唱过了,铮铮的吉他声高扬起来。果然不仅是伴奏,那吉他的用意很明显;它也要唱,也要说——吉他手的十指飞速地如轮舞动,脆裂的金属声响成一道溪流。不是一个过门或间奏,是一大段吉他的诉说。我没见过吉他还有这么丰富的弹法,它简直有无限的语言和可能。原来这就是"铎盖",人们醒来一般鼓起掌来。我被感染得兴奋莫名,也拼命地拍着手。就在这时"刚代"突然重新开始,一声撕碎了的吼叫脱颖而出,压住了热烈的 toque。

　　我求主给我死亡
　　他——却不给我

这是科尔多瓦的一个聚会，同业的伙伴在一起找个形式，纪念自己的过去。他们可真是找到了一个好办法，在这样的歌唱中，什么都被纪念了。胸怀已经彻底敞开，心事已经释放出来，没有谁能再阻止它，只由任它如狂流肆意，倾泻奔腾而下。

唱得酣畅以后，那退休的歌手便把手扪在胸上。他的这只手不是做手势，而是加入抒发。五个手指随着唱出的那个词，滑动、跌落，一分一分倾吐着不尽而来的心事。在最激烈处，五指剧烈地颤抖，那句歌随着在胸前画着轮形的手，步步跌落、一落三叠，直至心情倾倒净尽、吼叫也已经淋漓尽致。

后来我留意到，更多的弗拉门戈歌手，不用这种揉胸的激烈手势。他们一般是双手微合，随着唱句，手击打着轻碎的拍子——轻击拍点的姿势，大概是今日弗拉门戈在台上的基本姿态。

一曲一曲地，时间流逝着。我意识到所有的歌都是哀伤的，甚至都以痛苦为主题。包括唱爱情的，也都是唱爱的难遇或夭亡。换句蒙古的归纳方式，都是"嘎修道"（gaxiū daō，苦歌）。这样一边冥想一边听着，我明白自己遭遇了一种陌生的音乐，不知它在哪儿达到了彻底，这使音乐变得不同寻常。

> 顺着卡尔图哈的小路，走到松林之前
>
> 我转身回头大喊：妈妈！……

颤抖眼皮的一个退休老人，他已在忘我之境。坐在一把折叠椅上,他独自唱得坦心裂肺,倾倒衷肠。吉他追逐着他,时而成慢板,时而如骤雨。他的口型和吐字都夸张得超乎寻常,但是人们却信服地、亦步亦趋地随着他感动。这居然是在欧洲!……我感到恍惚,不断有跌入蒙古腹地、那深雪孤灯的幻觉。但他的歌不光是攫住了我,全场所有的人仿佛都被施了魔法,慢慢随着歌声晃动。那个箱根夜晚的女人渐渐黯然褪色了,此刻一个新的印象在上升。虽然后来我又长久地确认过,但我已经抱着新的观点:不是舞,不是琴,只有"刚代"才是弗拉门戈的主角,弗拉门戈的核心是一种悲歌。

几乎没有什么歌词。歌者和听众都不在意修辞,弗拉门戈的词汇,朴素到了不能想象的地步。不如说只有这么一腔悲怨,在这种场合别的主题都消失了,人只诉说悲怨。歌手用手掌揉着胸,让它们吐出来时能顺畅些。

> 黑色的公牛……你吃草……
> 是为了死亡……

好像这伤痛太古老了,它已经费尽了一辈又一辈人的喊叫叹息。我慌乱中寻求着比较;但蒙古人诉说的"嘎修"(gaxiū,苦)是节制的,大致循着比兴对仗的格律。那些月黑之夜的围唱,循着一支支押着头韵、音节对仗的旧调。不像它,它是剖露直截的白话。比起它,我沉吟着掂量着:比起它来"嘎修"是短暂的。

那刚达翰尔的严肃神情，使我意识到他在遵循一种曲牌。您在按着谁教给您的唱法，您在唱着哪一种"刚代"，您的父亲或者爷爷在教给您的时候，还说了些什么？

任何的嘶喊，只要它成了歌，就一定会守着规矩，健全格律、曲调、唱法……注视着面前这平凡的老人，我在放纵自己的思路。就在这时，又有一个人上了台。听介绍说，这人是歌手的弟弟。弟弟微笑着望着吉他，还没有开口。

不知道。没准儿，维吾尔人的刀郎围唱，与它更接近一些？

突然满场激动起来：原来这一回，兄弟两人都开口唱了。两股激烈应和、夺人心魄的呼喊攀援而起。

Pena，pena……　　　　　　　　（痛苦，痛苦……）

弟弟的声音在嘴中嚼着一般，愈来愈大地吐了出来。他一开口就使我感到，此刻听到的是弗拉门戈的最深处。一个词在嘴里颤抖着，挣跳着，冲出来时已带着俘掠全场的力量。哥哥已经先声夺人，成功地征服了全场，那么他就一定要这么唱。我觉得听众都意会了这句潜台词，暴风般的掌声猛地卷起。

grande pena……　　　　　　　　（大的痛苦……）

哥哥的声音追逐而至。他脸上微微有一丝羞涩。他的神情使我觉得,他是家族里或圈子里的首席。肯定在孩提时代开始,他就早早地获得了这样的传授。要如同把心撕碎一样地发声吐句,师傅或老人教给他,这是弗拉门戈的规矩。

两个声音夺路疾走,听着感到一种危险。它们撞击着屋顶,变成了回音,返回来夹击人的耳膜,压迫着听众不知所措的思路。汹涌的吉他如千军万马奔驰。这么听着,人们信了:"刚代"就是这样,弗拉门戈就是这样,因为痛苦太重,所以它这么坦白。我发觉自己紧握着拳头,手心沁出了汗。从没有过这样的事:我已然忘我,被裹卷进去。在轰鸣中,两支嗓子都劈裂了,听不出他们是在唱,还是在哭。

究竟你们有过怎样的苦难?

——我几乎想喊出声来。

三　jondo(深)

就这样,我赶走了头脑里占据的、那个错误的弗拉门戈印象。一个新的形象,掳掠人心的"刚代"(cante)的形象取而代之,使我开始留意弗拉门戈这种——歌。

弗拉门戈有很多分类和术语。使我警醒的是,它也叫做 cante jondo(深歌)。它曾经被很多人注意过,如屡屡被人挂在嘴边的加西亚·洛尔卡(García Lorca),就在他的诗集中辑入了一部《深歌》。我至少已经见过两个有影响的中国诗人(北岛、余光中)写到洛尔卡，其中一个为了译出他的精髓，甚至学过西班牙文（余光中）。

在西班牙，加西亚·洛尔卡过分的著名，超出了人对诗人影响的理解。确实官方和民间都乐于承认他。无论是在剧场的广告牌，还是在薄薄的旅游书上，你会一再发现他的名字。他是一个无争议的人物。这使我惊异。

为了理解消失的安达卢斯，我在安达卢西亚各地寻寻觅觅，不意也碰上了洛尔卡。去过他在格拉纳达 vega（湿地、平原）的家，也琢磨过他那些改写弗拉门戈的"深歌"。说实话，心里若是没有弗拉门戈与摩尔这么一个影子，我是不会加入对洛尔卡的讨论的，但偏偏洛尔卡在这一处下了功夫。

一目了然，身在格拉纳达 vega 的农家，他对弗拉门戈当然是近水楼台。但是，当年摩尔充斥的 vega 是否还给过他什么别的印记、他与那些弗拉门戈家族有过怎样的对话，就无从穷究了。我逐渐靠近了一种感觉：洛尔卡不仅是成功的弗拉门戈收集家，而且他多半属于一种弗拉门戈的"圈子"（peña），我总觉得，并非是名气使那些人接纳了他。他属于一种 peña，这才是原因。

有人说，他的功绩在于收集了一批重要的弗拉门戈歌词。但我没有读到。我可悲地只能读汉译本，遇上中意的，再请教内行，对照原文。如果他收集的弗拉门戈都混在他的《深歌集》里，那可就糟了，甄别剔除都将是极为麻烦的。

不过研究者多称《深歌集》是他的创作。当然，改写也是创作。

我只想说,他的深歌在他的作品中异色异类,与他其余创作不可类比。这么说也许过分:"深歌"远远超出他别的诗,唯"深歌"才给了加西亚·洛尔卡以灵魂和地位。

但这些改作的深歌,远不能与原始的弗拉门戈深歌同日共语。一种匠人的技巧,把它们从民间艺术的"深"渊,拉到了诗的浅水。无论得到过怎样的喝彩——刻意的色彩涂填,制作的意境场景,无法与弗拉门戈天然的语言、无法和民间传承淘汰的结晶比拟。

我不是挑剔,甚至我因我的缘故喜爱加西亚·洛尔卡。但是作为读者有读的感觉;他很可能是拜尼亚中人,何况又有出色的才华。应该说,他有几首"深歌"对真正弗拉门戈的 cante jondo 描摹得异常逼真;但若说这几首诗就是惟妙惟肖、炉火纯青的弗拉门戈,则是胸无尺度。

如脍炙人口的《驮夫歌》,最是显露了作者的刻意,而没达到弗拉门戈的语言方式。"jaca negra, luna roja"(马儿黑,月亮红),恰恰是这简洁至极的色彩设计,暴露了诗人的雕琢痕迹。不仅黑红的着色,包括夜景、山路、赶马的驮夫——诗人的画面设计非常明显,虽然他用笔简洁:

Jaca negra, luna grande, y aceitunas en mi alforja
小黑马,大圆月,橄榄就装在我的褡裢

不用说,洛尔卡的短句写出了诱人的夜路,但这种句子并不是弗拉门戈的语言。使这首诗脍炙人口的原因，在于它承袭了科尔多瓦古老的弗拉门戈悲剧感觉——而那悲剧深不可测，它其实不一定要用既黑又红的色彩来表现！

我是说，尽管它是一首好诗，但它并非地道的弗拉门戈。它取代不了弗拉门戈那种古老的、简单的、魔性的力量。模仿或改写弗拉门戈的"深歌"，在加西亚·洛尔卡的作品中是最闪亮的一部分。或者说，作为安达卢西亚的儿子，作为安达卢斯旧地的居民，他吮吸了潜在传统的滋养，取得了诗人的成功。不过，若以为成就他的唯有他的才华那就错了，恰恰这位儿子显得羸弱了些——对于伟大的安达卢西亚母亲而言。

还要怎样简练，才能达到弗拉门戈的语言境界？

不，还不是一个简练和火候的问题。完全的弗拉门戈语言，是不可能追求的。因为它完全不是为着表演和发表，而只是因为不堪痛苦。

痛苦并不一定表达得外露，甚至揉胸嘶吼，也未必没有分寸。日本人的体会途径与中国人不同，他们喜爱弗拉门戈的"寂"（さび）。

他们听出的，不仅是伤感也不仅是痛苦。很难说清他们归纳的"寂"的含义。但是在"铎盖"单调的音色中，在"刚代"拖长的哑声中，确实飘忽着日本人捕捉的"寂"。这种思路高人一等，所以也赢得了欧洲包括西班牙的注意。他们回报日本人的，是对"萨姆拉伊"（武士，samurai）和"改侠"（芸者，geixia）的感受。武士和艺妓，以及那个唯美的文化骨子中的一种"寂",使最远之东方的日本人，接近了东方最西尽头的弗拉门戈。不过，我不知道，多少带着佛教味儿的"寂"，是否能准确地描述弗拉门戈。我想还该有更好的概念，它将不那么虚无，而是简单直截的。

"寂"的理解换回了好感，使这片风土对日本微开一缝。于是日本人相信，"寂"是通向理解的暗语。在这一点上我不能苟同；我直觉地感到——不是文化的语言问题，而是历史的苦难问题。

曾有一个声音，曾有一个精灵，当它完全无意成为艺术的时候，它曾是境界最高的艺术。弗拉门戈的拜尼亚（peña），既然它历史悠久，它一定就一路衍变而来。我怀疑它曾经是：当精灵还没有被认作艺术和商品时，它是——遭人歧视的家、舔干血迹的洞窟、哭喊上苍的场所。Peña 是它的遗迹，保留了它拒否外人的戒条。

这么判断的唯一根据，就是它那罕见的苦难主题。以蒙古苦歌（gaxiū daō）比较，它太沉重了，苦歌的旋律比它完整。虽然只是周而复始、重复循环的两句，但还是含有起承转合，用字也经过筛选。而弗拉门戈，虽然它也隐约呈双句的体裁，但是它不受格式的拘束。它唱出的是直截的东西——视觉，愿望。它的旋律就是喉咙和胸腔的抖动，就是吼喊的音频——这一点和新疆的刀郎围唱很像。不过，刀郎的那种艺术是宗教的，大家围坐成一个达依尔（圆圈），呼唤和赞美真主。

Pena，pena……Dios mio　　痛苦……痛苦……我的主啊

Tengo yo una grande pena　　*我有一个巨大的痛苦……*

我听得目瞪口呆。难道歌能这样唱么？

我只是没有像一些人那样，打着哈欠走开。他们击掌合拍，为了唱出来一个飞速滑下的花音，彼此会意地庆贺。他们炫耀着技艺，用行云流水般的吉他铎盖，还有密集如雨的巴依莱的鞋跟声，度过节日般的时间。但他们在喊叫着苦难，奇怪的是，听众们都没有异议，都怀着同感，和他们一块感叹痛苦的真实。可能，这是世上最难解剖的音乐……

我总想摸到它的内心，听懂它的呼喊。我总觉得它在提醒人：别粗心，别离开，再多听一会儿。我向人请教，西班牙人摇摇头说：深歌就是那样。

"深歌"，究竟它深在哪里？

它不借助艺术手段，它只一吐满腔的积怨。洛尔卡身在格拉纳达，他与这些是否有过碰撞？他有过怎样的个人体验？专家们没有留意。世间往往如此：诗人死了，再也无害，于是人们便把他挂在嘴上，显示人性和博雅。对加西亚·洛尔卡的一致赞颂，或许也由于这个。谁都不会说：加西亚·洛尔卡最要紧的贡献，不在于他是一名好诗人和好剧作家、也不在于他收藏了和临摹了一些民歌；而在于他用现代诗的体裁，又一次重复了弗拉门戈对苦难的呼喊。

这个重复，也许是一件大事。

四　peña(圈子)

后来我们又有几次听过弗拉门戈；每次都有所感触，也都多少获得了那种幻觉。但是无论哪一次都取代不了科尔多瓦的印象。内行的人指点说，上一次你看的是 baile，这一次你见识的是 cante。以后，你还会遇到真正的 peña。

我们打听拜尼亚(peña)。

人们对这个词说得语焉不详。我大致听到了这样的印象：拜尼亚，是一种弗拉门戈艺者圈内的，艺术家自娱和交际的内部聚会。一般来说不相干的人是进入不了 peña 的；但是，如果你的运气好，他们一旦开门接受了你，那么你就能看到与商业演出截然不同的弗拉门戈。peña 哪里都有，他们常常在门上挂一个标志。但是要注意，弗拉门戈的现状也和其他东西一样，鱼龙混杂真假难辨，宰富骗人的赝品到处充斥着，很难遇到一处真的。

果然很难进入。去格拉纳达前曾有朋友拍胸脯，说给我们介绍。所以满以为会在一些拜尼亚里谈个水落石出呢，但直到最后也没能落实。这样转到了加的斯。一天傍晚，正沿着海边散步，突然看见一栋房子，门上钉着一个蓝色小牌，写着 peña。

敲了好一阵门，但没有回应。

这个词，对于我仍然是一个谜。究竟是这样一个词总结了一切内涵呢，抑或恰恰因为这个词，一些秘密的故事、一种深沉的本色被掩饰了？

对弗拉门戈的研究难以尽数。多少带有官方气味的书上说：它的渊源不易穷究。但可能它与印度的一脉，也就是与吉卜赛人的艺术有着关系。但别的著作却反驳：为什么遍及欧洲的吉卜赛人都没有这种东西，唯独西班牙，而且唯独安达卢西亚的吉卜赛人才有弗拉门戈呢？可见源头不在吉卜赛，而在安达卢西亚。吉卜赛人是到了安达卢西亚以后才濡染风习，学会并发展了弗拉门戈的。如下的观点大概是公允的："安达卢西亚和吉卜赛，是载着弗拉门戈的两个车轮。"

把吉卜赛人说成弗拉门戈起源的观点，总使我觉得含有政治目的——若是德国荷兰起源说立不住脚，那就印度起源，哪怕中国起源也没关系。反正别让这块西班牙的招牌，又刨根刨到见鬼的阿拉伯那儿去。

这样的心理，潜伏在西班牙的弗拉门戈研究的水底。"吉卜赛""印度"，这些说法给我的感觉，都有一种中性暧昧的味道。它先在弗拉门戈的东方特质上虚晃一枪，然后再甩开纠缠不已的阿拉伯文化。吉卜赛至少还算基督徒，印度至少不是穆斯林——只是，如此煞费苦心的观点，遮掩不住西班牙的官方学术面对八百年安达卢斯穆斯林文明时的，那种深刻的自卑。

于是我开始想象。

我所做的，只是一个以想象为主、兼顾其他的下里巴人考证。

被我东拉西扯当做根据的，有一些因素就不多赘述了：比如弗拉门戈歌手演唱时的耸肩膀、拖长调。须知，前者的味道和维吾尔人的音乐表演如出一辙；后者则与蒙古草原的歌曲处理非常近似。再如家族性、小圈子，还有它的咏叹歌与北亚游牧民族在唱法上的相似，等等。

弗拉门戈一语的词源，也不容易弄清楚。

查着书，发现学者们在使劲把这个词说成一个天外来物，甚至猜它是一种鸟叫的拟音。我查得疲乏，渐渐觉得这种考证不怀好意。因为传统会留下古老的印迹，其中称谓就是一个深印。究明这个词的含义不该太难，难的无非是不能断言。里奥斯·鲁易斯（M. Rios Ruis）著《弗拉门戈入门》记录了明快的解释可能：弗拉门戈一词与阿拉伯语 felamengu，即"流浪者"一词的读音接近。日本人永川玲二新著《安达卢西亚风土记》支持这个倾向，把这个词解释成"逃奴"："弗拉门戈一词，与阿拉伯语逃亡奴隶一词的发音近似。"

阿拉伯语动词"逃亡"的词根 far-，确实可能派生出许多这一类词汇。不过，如同其他领域一样，阿拉伯人对地中海以北，没有主张文化著作权的兴趣。所以对这一阿拉伯语词的判断，得不到他们的权威认识。虽然这个词汇提示着弗拉门戈可能与摩尔人在西班牙的悲剧有关，但就一种可能性而言，猜测只能到此为止。

当我听说，直至近代，弗拉门戈还只是一种家庭内部的、或者处于半地下状态的艺术——我便留意警惕了，不轻易放弃自己的感觉。

为什么只在家族内部？为什么处于半地下状态？难道它传到吉卜赛人手里以后，不就是为了公开和演出么？还有那主题，究竟什么样的人，才需要这样一种几乎绝对的"苦歌"（gaxiū daō）？……

还有神秘的 peña，它究竟是怎么回事呢？它后来被叫做拜尼亚。但它不是演出团体，是一个内部的圈子。什么算作内部的圈子？封闭的习惯，是因为伤痛不愿示人么？

我感到深深的兴趣。靠表演弗拉门戈出名的多是一些家族，也许这暗示着它的某种血统纠葛。这种内部传统吸引着我，我直觉，这不是为了给艺术保密。圈子，它会不会就是"半地下时代"的现代版呢？或者多少继承了那时秘密圈子的遗风？它的原型，古代的形式，究竟是什么样呢？

一种隐瞒自己排斥外界的、少数族众的圈子？如宗教组织、如秘密团体一样？

圈子里举行着秘密的仪礼？或者圈子干脆就为闭门大哭、捶胸顿足而设立？……

抑或都不是；它就是要诱人烦恼走火入魔，它就是要隐去真事取笑后人？或者它完全没有那么神秘，它不过是吉卜赛的吉他手和刚达翰尔们一起喝喝咖啡、度过轻松时光的聚会？我提醒自己：

愈是对它的重大内涵留意，就愈要注意它的完全相反的一面。或许不过如此：吉卜赛人来到西班牙，创造了弗拉门戈。它异色异香，专门演给外人观看。Peña 正所谓三五成群，并无什么神秘可言……

——这么有言在先地写过，我就不用为夸张自己的感觉而不安了。我已经把多数者的通说告诉了读者，留下的一点疑问只供自己咀嚼。

只是一种旧式的行帮呢？还是一种隐秘的仪式？

无论如何，摩尔人的音乐，包括吉他——曾把西班牙领上了一个高高的音乐台阶。先是奢华的装饰和绚丽的色彩，是女奴造成的诗歌风习，是科尔多瓦的巅峰感觉。后来，它消失得无影无踪，你走遍安达卢西亚几省，也找不到当年杏花如雪、女奴踏花吟诗的一丝痕迹了。如今在安达卢西亚能遇见的，只是"弗拉门戈"。它在莫名其妙地、空若无人地嘶吼。一句句地叠唱，单调得如同招魂。

Pena, pena……Dios mio　　痛苦……痛苦……我的主啊
Tengo yo una grande pena　　我有一个巨大的痛苦……

虽然我不过只是猜测，并没有什么特别的证据；但我想，弗拉门戈的摩尔起源，将会被证明并非一种无稽之谈。逻辑还引导我

进一步推测——它的圈子与摩尔人内部结构的关系、它的歌词与特殊念辞的关系。考据它的细部将会很费事，但推翻它的逻辑同样困难。我想，虽然还不能逐一实证，但提示已经足够醒目。

这些提示人人皆知；只是，人们大都喜欢遵循旧说，而不去反省自己的思路——过去是迫于恐怖的压力，今天还是迫于恐怖的压力——不过程度有所差别而已。

本来只打算写写对弗拉门戈的感受，结果却陷入了对它源头的纠缠。都是由于它那古怪的魅力，它揪扯着人不由自主。说实话我真是被它迷住了，甚至幻想——没准儿从这里出发，能探究到歌的某种本质。

2004 年 7 月改定

校定于 2004 年 10 月 21 日

甲马与斗牛

一

已经快要临近离开的日子。一天，从格拉纳达郊区的一个小村回来，正疲惫地寻找旅馆呢，突然在墙上看见了一张海报。眼睛被雪亮的光射得失明，心也霎那间急跳起来：

斗牛！……

我激动得简直不能自制。没想到，悲愿被承领了，我们并不是永远都活该倒霉的人。本来冬季来到这儿，离开的时间定在四月初，是为了既能沾上斗牛季节的边，又能赶上圣周（Semana Santa）的热闹。谁知道一到西班牙就发现：各地的圣周都在我们归国之后才开始，年初抵达的时候正是隆冬，斗牛的火热季节，刚刚过去。

我们只能自叹命苦，断念于圣周的眼福，拂去斗牛的魅力，一站站一步步，走上自己的寻觅路。谁知在岁末年终之际，突然消息又改变了：有一场斗牛，是本年度全国的最后一场——正等候我们凭票入场！

简直不知怎么打发那天之前的时间。哈哈，toro！哈哈，斗牛！……我逢人便说我要去看斗牛了，乐滋滋地想与人分享。除了山洞里认识的那个漆黑短胡子的巴尔，人人都向我们表示祝贺。巴尔冷冷地说："Toro!? ……那可是非常野蛮的！"他这个人，生来就是为了给人扫兴。谁会理睬他？我把他转瞬忘到脑后，研究起斗牛场的知识。我甚至趁着专程去斗牛场买票的时候，隔着铁栅栏看了场地，研究了所有的向阳面和背阴面的座位。

二

斗牛场里的座位分为两大类：sol（阳光）和 sombra（荫凉）。因为下午开始的斗牛，一定使一半的座位暴晒在日光里，而让另一半座位罩在荫凉处，所以两类票价钱不同。Sol 区的票当然便宜，于是这个词也成了一种下层阶级的代名词。而 sombra 则高贵、隐蔽、舒适，受到社会的荫庇。好像有一个小说或评论，题目就是《阳光与阴影》（*Sol y Sombra*），含义双关，讲一位作家最初的卑微，讲他成功后进入上流，那里的腐锈。

我们要买 sol 上台，最便宜的票。我对加入西班牙的 sol 阶层兴致勃勃，但我们也充分计算了毒日头的威胁，以及 sol 价钱能覆盖的最好位置。所以，我们提前两小时跑到了斗牛场。

门敞开着，杂务人员在忙碌什么。机会难得，我们随一些西班牙人溜进去。一个模样像退役斗牛士的老绅士，正在独自散步。我们赶紧过去，想对斗牛常识临阵磨枪。他用一口钟的嗓音，用两个词的短语，瞬间便使我们服了气。大概他断定自己是本世纪最大的美男子，所以浑身发散着约合十个电影男明星的傲慢，完全对我们不屑回答。

好狂的派头！我不禁赞叹。于是我们不再打搅，离开他却进了斗牛场正中。走了一圈，感觉了自己的脚，踩踏沙场的滋味。也有一本斗牛士小说叫《血与沙》(Sangre y Arena)，那"沙"就指的这块地方。

从高处的上区入场后，我们立即爬下来降到与下区交界的栏杆处，再横着越过一个个看台，到了——上台与下台、烈日与荫凉的交界处。四顾还没有几个观客，阳光和荫凉的分界线，几乎就穿过我们的座位。现在并不晒；心里有一种棚户区少年终于凭一张sol票、潜入了梦想的场子的感觉。我长长吁了一口气，坐下来，细细观看环境。

格拉纳达的斗牛场，是一座红砖叠砌的摩代哈尔式样建筑。这种红砖圆拱的朴素粗犷风格，如今仍在独享青睐，执西班牙风格建筑之牛耳。不消说，格拉纳达作为风格的源头，当然不能例外。我欣赏着那些砖拱。正是下午四点多的时分，阳光炫目地穿透红瓦迎面射来。越过对面的半圆形暗色荫凉，能看见西埃拉·奈瓦达的遥遥雪顶。

手中的入场券上印着一个英俊的小伙子，浑身金绣，眺望雪山。说明文字介绍：这是一个格拉纳达人，还只是一个见习的斗牛士，大概还没有叫响的沙场名，叫艾尔·芳迪（El Fandi）。

三

我最发愁描写美和画面，因为它们本来就不是文字能做到的事儿。可是总不能在散文半截嵌入一个音画文件，请读者自行点击吧？在这本安达卢斯小册子里，无奈我几次被迫描写，烦躁地说图画写歌声。而这一回面对的，是奔突的活牛和残酷的刺杀——怎么办呢。

老办法，我只能竭力写得简单。不是为了少写则少错；是因为那样可以从可怕的烦躁中，尽早地逃脱出来——

门哗啦一声开了。说时迟，一头浑身黑亮的健美公牛，箭一般笔直电一般迅疾地冲出，朝着手持粉红的咖巴（capa），正迎面等候它的剑士。牛的锐角笔直对着那块陷阱般的咖巴，死命地撞了过去。

那块俗艳的粉红布篷，恰巧就在被牛角挑破的瞬间，画了一个优雅的大弧。雄牛如一阵暴风，但它空空地疾掠而过，没有撞倒咖巴一侧的艾尔·芳迪。

奥～～唻！

邻座的汉子嘎声大吼。我斜瞥过去,见他粗野又兴奋。奥咪!估计这人不是个卡车司机就是个退休警察。

第一个回合,就使艾尔·芳迪赢得了满堂彩。

邻座哑着嗓自语道:"不错,非常不错!"好像由于这是位见习斗牛士,所以他宽宏大量尺度放松。为了能看得懂些,我们开始打搅这邻座。"先生,那些穿紫的黑的衣服,那些四周的人,是做什么的?""他们?!他们什么也不是!只是……小东西。"

力量饱满的公牛神采奕奕,昂着漂亮的头再次风驰电掣冲来。欺骗的粉红咖巴一甩,它又扑了个空。急煞脚的时候,公牛险些摔倒,蹄子锐烈地划起一团土雾。巴～～咪!全场的喝彩声随着撞击、刹脚、坐地腾空而起,巴咪!喝彩如平地一声雷。

三次进攻之后,公牛的锐气被磨平了。它又抖擞精神,向那块粉红的布旗子冲突撞击了几次,但是大概它自己也觉得出,它顶出的犄角,如钢刀入到水里、如箭射入空气一般,瞬忽便被化解掉了。

我看得津津有味。邻座时而细致,时而没耐心地告诉我们一些斗牛规矩。告诉我们那块斗牛斗篷叫做 capa,告诉我们剑客叫 matador,就要出场的骑马胖子,叫做 picador(长矛手)。但好像他对正在场上潇洒表演的见习斗牛士艾尔·芳迪,并不熟悉。

在燕形的大咖巴翻舞之中,公牛几经无效的攻击,暴怒似乎平息了许多。就在这时,一阵军号声响起,穿着牛皮护套的肥胖甲马出场了。

四

我盯着那副结实的牛皮甲。它一出场,我就有了预感。不知怎么,我心里慢慢涨起一股不安。那是一副皮圆筒,皮矮墙。圆圆低垂的一圈厚皮罩,拦着那匹粗腿的重型马的马的全身,直到脚踝。我看到它的第一眼,就联想到公牛无法撞击它。犄角会被弹回来,顶多蓬地响一声,我想。

马上骑着一个胖子,戴一顶平圆帽,手执一柄长矛。"Picador!"邻座粗汉转脸对我指点道。"皮嘎朵尔!"我大声回答,表示已经明白。

几个穿紫穿黑的"小东西",把公牛逗引到了甲马正面。

黑公牛发觉,一个缓缓移动的大圆筒,居然胆敢拦住了路——于是,它开始了自己一生中最关键的突刺。

牛角狠狠地撞在皮围裙上,响起了闷闷的蓬的一声。

甲马只是微微一晃,能摧毁一座房屋的猛力被消解了。与此同时,皮嘎朵尔的长矛刺进了牛背。公牛退了半步再死命顶去,它的犄角徒劳地顶着松软的厚皮罩,牛背上血流淌下,但看不清楚,只见漆黑的皮被血染得淋漓。胖子在马镫上站立起来,竖着矛往下扎。使劲地捣。

牛茫然地撤退几步,这个怪物怎么不倒下去呢?它鼓足蛮力,再次冲了上去。牛角又一次蓬地撞在皮墙上，甲马依然只是微微摇晃。而那长矛趁势又刺进脊骨，我断定矛尖刺入的不是皮肉而是脊椎，看得出公牛疼痛至极。

皮嘎朵尔站在镫上，他似乎快感无限，竖着矛对着牛背，使劲地捣。

公牛绝望了。但它再无后路，无论为了解疼还是为了复仇，它都只能挣命死抵，攻破这道万恶的皮城墙。用犄角顶、抵、钻，不放走又硬又软的敌人，拼上全身的重量和力气。

甲马的厚皮罩子，它的缓冲性能，消解了公牛的攻击和尊严。我心里古怪地感到不平，感情正悄悄沸腾。

五

但是看不太出出血的程度，因为血在漆黑的背上，并不是红的。观众只能看见牛背上流淌淋漓，没有使他们不安的红色。

花镖上粘着鲜艳的花絮。不用"小东西"，艾尔·芳迪双镖高举，身如弯弓，奋力跃起，准准扎下。他在公牛冲来时矫健优雅，竭力表演着他的男性美。他镖镖中的，无一镖脱手，无一镖刺偏，博得了阵阵雷鸣般的欢呼。

受伤的公牛好像在舍命陪君子。它忍着我猜是伤了脊柱的剧痛，陪着艾尔·芳迪，一共让他扎上了六支花镖。

经过了皮嘎朵尔的"刺背"，骄傲的公牛已经萎钝了。终于花镖扎完了，它原地站着，开始急促地喘息。六支被血浸透的花镖、牛的腹腔乃至公牛的生殖器都随着喘息，一齐剧烈地抽搐。

但是艾尔·芳迪拿来了一块深红色的 capa，邻座又转过脸来，他逼视般望着我：muleta。我没有留意他，最后的时刻到了。剑客单手握着一柄细细的剑，而公牛在对面剧烈地喘着。

接着，使用深红色的 muleta，不断表现人的优美姿势的最后一节，对于公牛只是耶稣到达那座荒山之前的受难路。人不断地摆姿势、做动作、夸张勇敢，而公牛则步履蹒跚，勉强跌跌撞撞地冲过去，又冲过去。利用人向观众卖弄风情的一些空隙喘息，肚腹如坏了的风箱，激烈地抽动不已。

我努力搜索蒙古草原的回忆，想找到类似什么。但是草原不能参考；那儿的牛，没有这样的遭遇。公牛只顾喘，它已经不行了，我想。

斗牛士故意把剑放在背后，让身体一点点逼近牛头的尖角。你何必在这会儿逞能呢，它的脊椎断啦……我心中惨然。我意识到该表现得礼貌些，但我只能呆呆看着，不知所措。

最后，那只弯头剑刺进了牛的脊背，鲜血淋漓的公牛颓然倒下！

全场爆发了轰雷般的欢呼，而我的眼泪却几乎夺眶而出。愤怒在心中突破了界限，我终于忍无可忍了。小东西们赶着马，来拖死牛的尸骸。死牛古怪地仰着两只尖角，沉重的身下，沙子被拖出一道深沟。对着邻座跳起来吼叫的汉子，对着在满场快乐喊叫的观客，我默默地想：可耻！⋯⋯

六

第二头牛冲了出来。

我觉察到，自己变得心情漠然。那头牛依然漂亮，身上依然如披着锦缎。斗牛士的动作依然敏捷漂亮。只是，三回合之后，慢悠悠地那匹甲马又出场了。

在厚厚的装甲面前，奔牛送上自己的脊骨。虽然背上刺进了粗粗的锐器，但它唯有用角茫然顶去。也许没有伤到脊椎？怎能断定一定刺伤了脊椎呢？我不知为何耽于这种念头。但是牛——它把头埋在那个大皮罩里，任卑怯的胖子放肆地立在马上，又戳又捣。

离开那块方寸之地，牛明显失去了精神气力。在以后的时间里，它不过勉强地往来奔突，陪着剑士，表演完他的全套勇武健美。

唯一不同的是，当它最后接受弯头剑的处刑时，斗牛士却三番五次地扎不进去。全场哄了起来。可是那根剑就是刺不准。几番重复，好不容易，杀戮才算完成。

终于大山崩颓，精疲力竭的公牛倒下了。我心里的怒火再也压抑不住，一下子冲出了包围。震耳的欢声使我感到孤立，但我明白我不能赞美这种竞技。我忍耐着燃烧的反感，不是对邻座，而是对同伴喊道：

"若是内蒙古的额吉看到了，她会哭的！……"

七

艾尔·芳迪提着粉红的大 capa，走到中央，对着牛的入场口，摊开那燕形的粉红布篷，挡住自己，双膝稳稳跪下。一瞬间鸦雀无声。

门嘎然开了。

又是一头漆黑的公牛冲出来！

也许，我也该公平地赞美斗牛士的勇气和美感。必须说，那天与我们邂逅的艾尔·芳迪极其出众。

艾尔·芳迪就在公牛撞上他的前一瞬，侧身翻了一个筋斗——展开的大幅 capa 旋转着，空中闪过一个巨大的粉红扇子。雄牛在那一霎驰掠而过，而艾尔·芳迪也在那一霎站了起来！

这实在让人叹为观止！不管我怎么对斗牛怀着质疑，我必须说，我见识过的那个侧身翻——无论那危险的跪姿、那闪电的侧翻，还有那粉红的大扇形，都令人永远难忘，实在是绝了。

后来我知道了一种最赚喝彩的招式，叫做"贝罗尼卡"（Veronica）——斗牛士原地不动，当牛冲来时甩动布篷顺势一个旋转，布缠在了人身上，而牛掠着布擦身冲过。

当耶稣走在受难路上的时候，据说女门徒贝罗尼卡曾用一块布,为他擦拭脸上的血与汗。这个名称就溯源于此。艾尔·芳迪也表演了这一招式,但比起他跪迎出场公牛做出的"红扇展开",贝罗尼卡就不值得说了。

这几年,北京电视台在不起眼地转播斗牛节目。我常常忍着蹩脚的解说,在夜里看它一阵。有一天,不留心地听见解说员说:"就像西班牙的球迷不该不知道劳尔一样,喜欢西班牙斗牛,就不能不知道阿尔凡迪"——我愣了一下,莫非他说的是那个见习斗牛士?接着我盯紧电视,但转播却对准了别的。

或许,那一年的见习斗牛士,如今已经誉满西班牙?那一天他一人独斗六条牛——没准那天是他的"转正"仪式?这当然在情理之中。看了多少次电视,从来没见谁能表演红扇子。

也许那一天,在格拉纳达的 sol 看台上,我们看到的是当代西班牙最优秀的斗牛士。那天艾尔·芳迪一人六牛,终场时,看台上白手绢如梨花乱舞。我想不用到网上核对了:他的技能和美感,超过了电视上出现过的任何一个人。

八

后来我专门去看了科尔多瓦的斗牛博物馆。我的目的,是想看看展览的长矛。因为我一直想知道那牛的脊柱在甲马士刺过之后,究竟受了怎样的伤。

我还查阅了大画家戈雅(Goya)的所有斗牛题材作品。因为我曾在马德里不经意地看到过他的一张油画（Suerte de varas）。他的那张画有些奇怪：画的恰恰是一头无敌的公牛，和皮嘎朵尔的狼狈。我想在西班牙人中寻找与我类似的感受，戈雅会不会对斗牛持某种批评态度呢？

但是两项调查都没有找到支持。斗牛博物馆里挂满了牛头，如一个牛的烈士纪念馆。此外便是著名斗牛士的黑白照片。又遇到了一个雄赳赳的老者，他的做派和那天的老退役剑士毫无二致：他如沉浸在表演里，一举手一投足不忘他的男性风度。他照例骄傲而无礼，不耐烦于我们的问题。我很快就放弃了和他交谈，也没有尝试让他迎着我的话锋。

我只小心画下了那个矛头：

那是一条方形的钢，磨出的矛尖并非峣峣易折的细尖，而是一个方方的钝角。也就是说：不是刺，是要在牛背上造成一个大破口。然后，当胖子往下捣的时候，他是在用一个钝尖的铁棒狠砸牛的脊柱。我的猜疑是可能的，那根脊椎多半是被捣碎了。

戈雅的斗牛画也逸出了我的一厢情愿。看着他数不清的劳作我只能苦笑，怎么会有那样的幻想呢，他是彻底的斗牛崇拜者。他有四十几张蜡画，还有不知多少油画，不厌其烦地描绘斗牛。

戈雅的画中描绘的矛看来不同。比如他画的《熙德斗牛》：著名的武士熙德使用的，就是一种尖头的长矛，它穿透了公牛的肚腹，露出了尖头。

虽然那也相当嗜血,但一切还算公平。因为马没有装甲,牛还并非只被赶去受戮。它还拥有攻击和获胜的可能。

所以戈雅的最佳作品是《Suerte de varas》(矛的回合)。那是无甲马的费厄泼赖时代,一切还都公平。画面上,牛已经顶死了一匹马,还有一匹也被剖肚流肠。马上的皮嘎朵尔战战兢兢,一群粗笔触勾勒的"小东西"拥挤背后。黑牛出神地站着,端详着可笑的人类。我猜戈雅或许心中也有过一丝念头,公牛是真正胜者的念头。那幅油画大约有四米之大,在戈雅斗牛画中多少有点异类。它无疑是一幅杰作,令人联想思想的自由。

九

第四头牛的死骸,也被拖了出去。在欢腾的场子里,我寂寞而紧张。我不敢暴露自己的立场,也不想这么沉默。于是我捣乱地用蒙古话叫道:"Hain!"这是一个摔跤场术语,鬼知道它该译成什么。记得在乌珠穆沁,当裁判不公时,围观的牧民们就一摔酒瓶子,跳起来怒吼:Hain!

第五头牛冲进场来,步点比马还灵活。

真是二十多分钟一头牛,观看一场斗牛只消两个多小时。装甲的马和方头的钝矛就是时间的保证。包括公牛的体力,一切都经过了精准的计算。

浑身鲜血的牛竭力冲来。斗牛士一个"贝罗尼卡",公牛沉重地一歪,跟跄着跪倒了一条腿。

我跳起来,使劲用哈萨克语喊:"Jaman!……"

这个词的意思是"坏"。我确实语无伦次,面对着这样的娱乐,我觉得再也没有自己的语言。好在言论自由是一条更大的规则,在这个场子里,他们可以喝彩,我也可以乱喊。

也许,对一种起源古老的风俗,对人类表现勇武的竞技吹毛求疵,是一件无聊的行为。古代就是从搏斗和流血中走来的,我并不主张对古代的娘娘腔。但在进化中人类变得不诚实,斗兽成了杀戮,战争常是一边倒的消灭。胸中的不平使我不能附和,开口抗议时我又缺乏语言。我如同溺水,只能抓住异类的稻草,绝望地喊:Hain! Jaman!

在摩洛哥的丹吉尔,我们向一个摩洛哥人问及此事。他连连摇头说:不,伊斯兰是不允许那样虐待动物的!……但是仔细查找资料时,又发现——并没有关于穆斯林反对斗牛的记载。

万万没有想到,一次愉快的观摩,成了一件郁闷的心事。

十

一头健美得使人感动的、浑身如同黑缎子的公牛,撩开如马驹驰骤的疾步,笔直地冲了过来。场边亮起的牌子上写着:重 628公斤。

此刻我看不见粉红的咖巴,也看不见金绣的剑士。我知道这是最后一头牛，而且是牛最后一刻的生命。粉红和金绣闪烁着，漆黑的公牛疾突而过，冲到尽头它刹住脚，轻盈地跳转回头。它的勇猛和余裕，它的仪态，使我这昔日的牧民疼爱不已。

它的身段里隐露着一股灵巧，一股不属于牛、而属于年轻的轻灵。这被隐藏的轻灵，和漆黑的隆肩、方臀、雄器，以及它疾速的飞驰跳跃一起，使人突然醒悟到：不是经由别的途径，美，原来是由赴死的公牛表达的！

我感激这第六条牛，仿佛它要给我一个完美的记忆。

我没有看见皮嘎朵尔，恍惚只见一座装甲的城池。最后一刻的下午阳光，迎着 sol 的看席直射过来，使一切都幻动于光影之中。接着我看见了淋漓的漆黑，艳丽的花镖，以及深红的飞舞。

它的纯黑色彩、它的冲决赌死、它的昂头抖角，都使我悟到——当年我们在蒙古草原放牧的，顶多只是牛的芸芸众生。此刻我目睹的是真正的贵族。这么沉沉想着，不觉心中渐醉，心中浮起如驯牛在绿草地上丢下牛车的感觉——那是升华的感觉。

最后牛终于倒下了。

看台被暴风席卷了。突然出现的满场白手绢，密集地在攒动的人头上使劲地摇。牛的遗骸被赶来的杂役拖着出场，牛头上锐角高耸——一直到最后，这条牛都保持着它起起的姿态。

剩下的事情，已经都漫漶模糊了。似乎艾尔·芳迪得到了两只牛耳,狂喜的观众驮着他去游行。只记得我一声不响,不眨眼地注视着那头牛。它伏着身,昂着头,在被拖拉的路上,沙场如它座下的地毯。我凝视着那对耸立的角,直至它消失在门洞之外。

2004 年 6 月 4 日

西语校定:2015 年 1 月 26 日

第六辑

啊，两个中的第二个

人生若到了总结的时候，回顾人的关系，一定是第一件事。

在默默的冥想中，流水淹过秘密的草丛，涌来的是各色各类人的形影。

回忆与他们——与密友、亲人、师长、熟人、小人，与分道扬镳、形同陌路、给你启发、与你邂逅、令你震动、使你难忘、离你远去的人，如读一卷自己的传记。

在点滴分量的掂量中，思念如拔丝，感悟如刀刻，它们吞没了自己。

到了这种时候，人的手会不觉间翻开神圣的经典，下意识里，想寻觅，想与什么偶遇。

于是我读到了这一句。

当然，这回是潜入了原文，否则不会这么震动。

一

这是一个真实故事，也是一个奇迹传说。

——驱逐是一种古老的野蛮。当信仰者被压迫者①穷凶极恶地驱逐，凄惶无援，不得已逃离了家乡，踏上了一条天涯绝路时，愚顽的压迫者还在汹汹地叫嚣着，在崎岖路上穷追不舍。

当压迫一直到了极限——在大山压顶一般的压迫下，人民抗争无术、呼吁无用。虽然弱者已经泪水哭干，但压迫者并不停手。人类冷酷地围观，弱者哪怕拥有正义，但真的遭受公开屠戮。

密网一般四布的压迫，使人的意志和尊严，没有片刻喘息。

最后的屠杀发生在半路上——唯有在那种穷途绝径之上，人才能醒悟，获得痛切的体验。

故事讲述的是穆圣和他的伙伴阿布·白克尔两人，讲述的是在驱逐中众人已经远投麦地那、他俩最后弃家出走时，途中发生的一件事。故事的出处在《古兰经》第9章第40节。

压迫、驱逐、追杀已经使人们必须逃脱、离走、另辟新路。

屠刀已经砍下，此刻千钧一发，勇者必须转战——当自己人已经远去，当相依同伴只余下"两个人"的时候，他俩躲进了一个

---

① الكافرين／al-kāfiline 一词的译法一直随时代的剧烈变迁而被反复斟酌（比如马良骏就反对把不同信仰的人敌意地译成"异教徒"并歧视）。我译此词为"压迫者"。

山洞。

原文看似平白，理解它的本意却很难。我不敢斗胆翻译，所以下面不是译文。不用引号，表明所列只是大意。句中的括号内部分，原文并无，为汉语通顺姑且暂添：

当那些压迫者(把他们)驱逐(直到)两人中的第二个时，
他对他的同伴说：不要忧愁！真主与我们同在……于是伟大
的主就赐予他们安静，就以隐身的大军援助他们

"驱逐(直到)两人中的第二个"——这个表达很罕见。它既描述了当时形势的紧迫，也提出了一种关于少数的认识。确实，这个提法很特殊："两个的第二个"是少数的极限，但尚不是孤身一人。这一笔，勾勒出了一种逼真的人与人的关系。是的，一旦只剩下了两人，不管对谁，最后的依靠——只在对面那第二个的身上。

神秘的体验悄然发生了。鸟儿在洞口筑巢，心上降临了安宁，蜘蛛在洞口织网，身边围着隐形援军。"他"对"他"说：不要忧愁！……

这句话，لا تحزن (la tehzan)，我在 2003 年伊拉克战争开始前夜的摩洛哥北部小镇黛都安(Deduan)、在一个星期五听到过。我听见人们反复地讲着它，神情异样，脸上放光。后来，Lia tehzan，这一句"不要忧愁"，又被我在西班牙、墨西哥一遍遍反复听到。那时我还没学习阿语，但我已经明白——不要害怕，不要忧愁，这句

话回响在十几亿人的心里。

援助——又是一个重要概念，可不是帮帮忙就能称为援助——那种控制一切、决定最终的援助，一瞬间自天而降。于是危险擦身而过，杀戮被隔离，压迫被中止，平安来临了。

研究这个故事可以发现：它不属于奇迹说话。这不是手摸病除盲人睁眼，也不是甩手过黄河鞋子全不湿。在这个叙述里，历史与神秘并存，偶然与必然共栖，蜘蛛和鸟儿，都真实得历历可见。神秘的力量藏身其间，导演了圆满的结局。因为他俩与真理同在，所以平安与他俩同在。这里阐释的"援助"是一个大的理论，而它使用的阿拉伯语，简单至极又非常罕见——它只是一对数词的组合："两个的第二个"。

二

数词，似乎有与生俱来的神秘感。破译数字内藏的秘密，是一项引诱许多人殚精竭虑的事业。

阿拉伯语似乎更甚。我仅有一次，在对咖啡的追究中浅尝过阿拉伯数字的奇妙（沙孜林耶的赞颂仪式上，一边饮着咖啡一边吟颂"啊，强大的主"116 遍[1]）。是的，数字常给人奇妙的感觉，人喜欢揣测数字的意味——现在，他们面对着两个结合了的数词：

---

[1]　参见《咖啡的香味》，2009 年初刊《读书》。

"二的第二"。它的原文是阿拉伯文：ثاني اثنين。大致可以读为 Sāni isnayni（萨尼-依斯耐尼）。

就这么简单，两个词，一个词组，两个人，第二个。就是它，滋味让人吮吸不尽。

尽管无知、尽管身为门外汉，一旦收获，狂喜袭来，我禁不住推窗大喊"原文的感觉！"——虽然我并无资格，但感受不能忘怀。诸多的译文都循着中文的规矩绕开了它。但只要不触及原文，就永远像手没有浸入水中、却读到了"清凉"一样。

原文，它包含了未遭误导与未被曲解的、真实的本意和叙述的文明。

原文，有时妙处只活在原文里。译成另一种文字，妙处就灰飞烟灭。此处即是一例。它只用一句，但一句蕴含众多。人不仅浮想联翩，人在努力参悟，宛如攀登，在努力对比自己。最终，如果他或她有资质与前定的条件，获得的将是人生的点破。

这发蒙启示的一句，甚至不是一个整句。它只是一个简单词组，一个基数词加一个序数词组成的两字词组。

二之第二。2 的 2。两个的第二个。两人中的第二人。二，第二……

分析句中的语法，"第二个"（sāni）是被驱逐的直接宾语。但语法的咀嚼不够解释全部。这不仅是一个神秘的表达，可能还是一个艺术的表达。神秘或艺术都偏爱残缺句或不完全句，何况诗韵密布的圣经！

"二之第二"——可能是一个不完整句的一部分,是一个形容状态的短语。他确实就是听着"不要忧愁"教诲的、那个宾格的人。他无疑就是历史中的穆圣密友阿布·白克尔。他就是第二个,是那个时刻的追随者与陪伴者——但在第40节里,"你们援助他"(tanasurūhu)、"援助他"(nasarahu)、"支援他"(anyadahu)等行为所指的,并不仅仅是他。

　　毋庸赘论,真实历史中的"第二个"就是阿布·白克尔。但神秘经文中的 Sāni isnayni,也仅仅只有这个含义么?原文的这一句是:

إذ أخرجه الذين كفروا ثاني اثنين

　　字面意思只是:"当那些压迫者驱逐他,两个的第二个。"

　　这是一个程度的表述,它的意思是"驱逐(他,甚至到了)两个人里(只剩下)第二个"。

　　令我留意、喜欢、吟味不已的,正在于这个奇妙的经句,其实并未明言谁是第一、谁是第二。也许,这里隐藏着互为第二、互为"两人中的第二个"的——语言的可能,哲理的深意。

　　Sāni isnayni,最后的决战前夜,战壕里唯有的两人中的第二个。

　　Sāni isnayni,人的存活中,最后依靠的那第二个。

　　Sāni isnayni,秘密只在两人之中。三人或聚众,从来徒招伤悲。

　　Sāni isnayni,两人中的第二个……

哦,它催我斟酌,诱我长吟浅唱,使我禁不住地浮想联翩!

那以后,阿布·白克尔成了哈里发(接班人)。比起哈里发的称号,比起以后他迎来的国王的日子,他更重视"两人中的第二个"。我猜他一定常常在星期五的讲演中对群众讲到他对这个称号的解释,讲过他因为成了"第二个"获得的满心激动。我猜,在他的帐殿里一定悬挂过一面绚丽斑斓的大旗,上面用金线绣着这个称号——"ثاني اثنين"!

三

有了先知的实践,一项仿效先知的圣行便成立了。所以它将给人以启发,它给人的启发才刚刚开始。

当然,从小市民到老农民,凡生灵都迟早要喝到死亡的苦汤,他们都会在日子尽头对着唯一的老伴唏嘘。是的,宗教给予他们慰藉,但他们的微渺,不足以解释如此的命题。造化的巨大深意,不会枯竭于芸芸众生的苟存。

这是一种前生的约定,后世的暗示。两人虽置身其中,却不能尽知他们的关系。他们的手握在一起,宛如熔铁焊锡。但伸出手的,并不是他们自己。

极致的例子,也许是临夏农民马志仲与河南学者陈克礼之间的关系。马志仲唯因对陈克礼极其尊重,就遥向河南,割股吐脯,竭尽身心,照顾从未见过面的陈克礼。那样的大义,那样的义气,那样的朋友之道——不仅是中国穆斯林的绝唱，更是人与人神秘关系的显露。"ثاني اثنين"，他们两人，遥相作伴，诠释了这一处经文！

这一节有如诗的节奏。经句的排比，引诱着人的思想在铿锵之中陶醉。Iza-当……的时候，Iza-当……的时候，这种"iza-"的句式，使人激动。

当抵达严峻的关口，当人忍受着叛离，当随众逐个地远去，当道路走至尽头，当人已独力不支——

成为后背的依靠、前胸的遮挡的，唯有一个人。

虽然只是畅言幻想，虽然只是读后感动，我也是当遍历了大西北的穷山恶水，当结交过数不清的朋友，当生命走上最后一程，当不仅对人也对自己能够判断，当真的把前生后世都托付冥冥之后——才认清了谁是我的"第二个"，我又为谁成为"第二个"的。

在这样的人生瞬间，在这么一个节点，我站在关口之上，体会着一个词组。确实，只有它，写尽了人之间的关系。它一字千钧，概括了所谓的朋友；它入木三分，解剖了世间的男女。

哦，"两人中的第二个！"你一语讲透了我的人生一切，所有度过了的和还没有迎面的。你用两个类似词——它们连读音都似近又远，连书写都那么奇妙，初学者常会弄混——揭破了人的结交离合，解释了什么是前世的兄弟、渡世的伴侣、大业的同志。

修辞与哲理的震撼，经久不息地裹挟着我。

四

哪怕书法笨拙,我要把它写给你——"萨尼-依斯耐尼",我的两世一人的兄弟。在你的山野,在我的宿地,比一切诺言义气更高的是它。虽然今后还要经受信仰的盘问,虽然时而还会忍受摧残的狂风——历史已经铸成,我和你,已经形成了"两个"。

哪怕墨迹枯涩,我想把它写给你——"Sāni isnayni",我的以命相托的伴侣。在我的前定中,在你的宿命里,比一切山盟海誓更高的是它。虽然日日仍将迎送川流不息的考验,虽然最后还要战胜离别的关口——人生已经度过,你和我,互相成为了"第二个"。

哪怕一次次失败,我决意把它写给你——"ثاني اثنين"。写成圆形,写成图形,写成草书,写成楷体,我写不好这渴望的作品。书写中我咀嚼生命的感觉,哪里有什么"书法",毫锋所至,墨滴所染,一切都宛似淌血。触及你每一笔都神秘,写好你要竭尽一生。

——从来没有这么喜悦,由于接近了这一句。

在我的心里,这两字一句,像一面旗,像一团火,它鼓舞着我,温暖着我,不舍日夜。

初稿于 2015 年 2 月 6 日
改定于 2015 年 6 月 3 日

被呼唤的和平，呼喊着的爱

这一篇阿文赞美诗，从初次听到它时算起，慌慌流失的时间，怕三十年都不止了！

回数着虚度的日子，只能慨叹心窍的难开。我因愚钝、忙碌，加上对自己的放任，至今也没敢正式对它深究。因为那意味着向据说语言中最难的阿拉伯语正式开卷问学——真不敢立下这个决意。

《曼丹叶合》（Madāyeh）是一部赞美诗。从阿拉伯某地流入，著者不详。据我体验，宗教赞美诗是令人上瘾的。一旦念惯，人就总是沉沉地想着它，丢弃不能。轮逢亲人忌日，哪怕千里请人，也要把它吟诵一番——由于这种实用性，它在经书铺子里长销不衰。

因此我总捉摸着它。后来胡乱学了几个阿语字母，见了懂的人更忍不住东问一句西听一点。岁月堆积，熏磨蹭沾，对它也就有了多少的熟悉。我常把它翻来翻去，挑些容易处吟味哼念。到了某个斋月，听着人念，突然发想：不就是短短一段十一句么？背也早就背下了，难道就不能……？

于是暗下决心，至少攻读一段。

一

想攻读的只是《曼丹叶合》的一段，它用开篇第一个词命题，俗称"台尔劳"（teālou）。除了序引应答之外，此段主要由十一个白提（bayt，双行诗）组成。我面对的就是它，这 11 双行、共 24 句的"白提"。

其实早有若干译本，无奈还是不能令人满足。十一双句中，至少伏有三五个费解的难点，用逻辑的眼睛来看，译文尚不能说已然通顺。

时值零八零九之交，我漫游在豫陕甘青，感觉自己正好还有学一段的余力。于是我悄悄向这十一白提，发起了进攻。

我把它抄下来——那时候我已经能"抄"了（难忘自己的键盘打出神妙阿文时的狂喜），标明疑惑，分送各方求教。

三人行，皆我师。郑州杨先生一语中的，他用一两个例子讲清了阿语单词的各种变形，给我薄薄打了一层词法基础。青海小马侄女是阿语专业毕业生，她甚是自信地列出抄本里可能的错字，使我猛然想到版本尚未校勘。西安贾老师经堂造诣很深，我能拿他提出的译文与旧译逐句比较。吴忠的川里弟最熟悉民间，唯他能把门宦的习惯念法传达给我，提醒我传统的深沉。豫、陕、宁、青之外，我还找了日本一位阿拉伯文献教授，想听听纯粹基于语言和文献的见解。

撒网请教，是我求学的习惯。经验告诉我，在学者里，一些是应酬的能手，一些是谨慎的冠军。有的人随口附和只是应付，有的人摇头摆手不露观点，想获得一二点拨可非易事！用撒网法，人多话也多，哪怕一滴水有益，我便可汲取。

但说到底，这是在寒村小寺探讨外语文学，不留神会闹一场改对为错。面对一部二百年前传入、竹笔土纸辗转传抄的阿拉伯文诗集，且讨论涉及版本、词意、诗学、神秘主义的双关——没开始前我提醒自己：突破谈何容易，先别心大意高。

二

那时我正心醉于苏菲的情诗。那些居然敢对最高存在使用"情人、心上人"的话语进行比喻的大胆思路、那些滚烫的爱恋诉说背后隐藏的宗教寄托，天然无缝，熔化彼我，多少次令我击案叫绝。

愈是情意浓密的爱情表白，就愈是地道的宗教赞辞——这一奇迹的发现，使那时的我激动无比。一旦戴上这蔷薇色的眼镜，伊斯兰的诸多文献便判若两色。它确实常是一种解读的思路。一段时间里，我常一边琢磨着它，一边在黄土高原和沙漠南缘彷徨。

到了我能跟上念《曼丹叶合》的时分，轻轻打开经页，俯身吻一下纸角，找到百姓们喜欢的"台尔劳"。排列双行的神秘墨书里，跃然跳出的是一对词："爱"(hub)，还有"欲"(haway)。

第一个词不用说。爱，在伊斯兰文学文献中凛然处于褒义。但它的身边，撕扯不开地还有一个海娃(haway)也就是"欲"。爱和欲一旦结伴、再纠缠于一部宗教诗里，可就不那么好懂了。它们派生或引伸出来的词汇群，即便就在这一段"台尔劳"里也俯拾皆是。翻译么？由于摸不准脉，词汇选择很吃力。

如循着爱情思路寻求译文，这些词组逐一能译成："结好相爱"、"喜爱之门"、"爱欲之剑"、"说出爱我"、"身在爱慕者"、"对你的深爱"、"爱你的人"等。而其中拦路的难点——第3白提，按照爱情诗逻辑可译为"请说出对我的爱吧"，随后的第4白提则是"我确已身在爱慕者(bi-ahli al-haway)一群，你且下令让诽谤者住口"。

一个字朦胧浮上，它就是"爱"。在苏菲话语中它几乎是点金秘药。愈是最崇高的领域，就愈使用这种表达。这不太难，以爱情话语表述的苏菲方式，一般只消把俯瞰着求爱者的、被动形态且是女性的"美人、情人"与安拉、真主进行转换，本义便呼之而出。

比如译出这样一个双句该多么快意：请快来医治这颗心吧，它已被爱慕之剑刺伤——不用说它意指对主的爱。

只是事情没这么简单。我有一个感觉：如判断一切真伪现代主义的诗歌一样，如果诗的目标意指真主，需要在诗中行间预设一些点破或暗示，奥义才能成立。

纸短角多，另一个关键词"海娃"译为"欲"。

最是这个词折磨人。"欲"——究竟是"爱欲"呢"情欲"呢"欲望"还是"私欲"？词儿不同意思可是大大不同。在我邀人攻读的这一段里，前半段的拗口就是因为有它藏着。它亦褒亦贬，意指暧昧，而且像一个方向盘，它左右一转，诗味儿就整个变了。

经堂语（清真寺讲经使用的术语）讲解的"海娃"，大都不当好词用。"海娃"一词常与"乃夫斯"（al-nafus，个性、天性、性命）连用，表示人的私欲、欲望和坏脾气。其实和汉语一样，这一组词意本来就够暧昧的："爱欲、私欲、欲望、渴望"，个个明亮鲜活，边界不易确定。换个方向转动轮子，一首诗判然两样。刺伤人心的爱情之剑成了"私欲之剑"（第 2 白提），爱慕者更成了"私欲之徒"（第 4 白提），令人憧憬的"身在爱慕者一群"，一动不动就变成了"与私欲之徒纠缠"——原文还是那个"bi-ahli al-haway"。

手抄本的麻烦也出现了：由于一个元音符号书写的一撇之差，"灵魂"（al-rūh、الرُّوح）可能变成"休息"（al-rauh、الرَوح）。"唤回灵魂"由于这一撇，变为了"舍弃安逸"。

所以，如此疑点重重的第 3 白提，与紧接的第 4 白提后半"你且下令让诽谤者住口"，都费解至极。

是版本存在问题呢，还是所谓双关就藏在这里？

三

全篇是双关的情诗——固然有趣，但难以梳通全篇。情诗逻辑，不能滥用。

于是思路从浪漫转回，以下用语成了判断的基础："赞圣的辞句"、"正道的先知哟、念诵你的人"、"被选中的人"——这些词的每一个都不暧昧，含义清楚而固定。它们分别指向先知（nabiy）、正道的先知（nabi al-huday）、穆圣（mustafa）、赞圣（zikru nabiy）。它们意指明确，译语选择的余地极小。

又回到了开头。

由于一系列基本词不可能误读，赞圣的主题被再次确认。那么，《曼丹叶合》仍是一本赞圣经，哪怕"爱"确实存在——绕回此处，我花费了数年。

彷徨寻觅，似乎又转回到原处。但就像哲学家常说的，回到的——已经不是昔日的旧地。像一个攀升的螺旋，如今的《台尔劳》更新鲜了，它愈加响亮，跌宕诱人。它依然是一篇转义的爱情诗，但更是一部庄严的赞圣经。

版本的疑虑依然存在。

日本回信到了，阿拉伯文献教授郁闷地写道：包括元音，阿拉伯文费解之处甚多。第 3 白提第 1 行意味不明，第 2 行可能是"呼唤灵魂，然后再以身相投"？……

　　新发现的两句，证明他苦恼得有理。第 3 白提暂且搁置，已发现第 4 白提有不同抄本。一个网络版把前引第 4 白提上半"我已身在爱慕者的行列"写为：

ووجد جمال الحبيب

"我已找到美丽的爱人，"

而它的下半句同样是：

و قل للعذول استرح

"你且下令诽谤者住口。"

　　这个写法与常见版本不同，但与常见版本并无矛盾。不仅此处，再如引人注目的爱慕/私欲一组词汇，在这个版本中根本就没被使用。替代的是另一个词：折断、关闭（الجفا al-jafā）。自然，"断剑、断绝之剑（siyfi al-jafā）"就不那么使人浮想翩翩了——这个例子使人感到，阿拉伯诗歌的流传，辗转复杂且自由随意。《曼丹叶合》或许并非一本孤传，而是几本诗集或几个版本的辑录？若是面对乱简，第 3 第 4 白提的翻译没办法通顺。没法子，等下回——暂且印成异体，存疑待补。

四

回顾几年往事，我们经历了一场学院之外的小小学术研讨。短信远距查词，长夜推敲探讨，染手的有大约六七位阿语学者，我积累了三四份笔记。虽然就文献学的意义而言远远没能穷究——但求学的感觉，是丰满的。

换句话说：一旦新版本被发现，结论还会刷新。待新的资料出现、视角又被打开时，新的观点自然会推动和改变人们对赞圣经的认识。

回顾开头，数年流逝了。能达到的，如此而已。遗憾么？不，结论永远是暂时的，这恰是苏菲的方法论。

我摩挲着墨迹漆黑的抄本，像触摸着凹凸不平的过去。随着身体微微的摇摆，此刻甘肃的、云南的、山东的或新疆的调音，声声入耳。

那是古代，信仰挤在乡间底层的传统村规里，无人放胆辩论。十一双行的流水，单词溅起浪花，难点宛如险滩。涉着这道汹涌的水，我常陷入独自的猜测。不知前辈抚摸着这卷经时，曾怎样地遐想。他们的精神，曾多么孤独。

轮到如我的一代，也把一章念诵熟练了……我环顾俯瞰，诗篇不断叠唱，攀上更高的音阶。十一个铿锵的双句，此刻在胸中震荡。句句缭绕，字字捶打，感受滴滴渗入，酿成沉淀的爱情。它十一遍地反复，向着破败的人间，向着希冀的天空，一叠一叠地呼喊，渐渐托举起主题。

一扇大门，一扇爱与和平的大门，在痴醉的念诵中洞开了。一个声音在高空呼喊：快来吧！让我们和睦相处！

它一百年一百年地呼唤着，简直如泣如诉。但是人痴迷不悟，械斗不断，煽动战争，唯恐不够罪大恶极。

哦，"和平"，一切辞藻都无力，再难寻第二个表达。搜遍了阿文汉语，唯你是本质的翻译。你被我们挂在嘴边，又被我们忘得净尽。你被那么多"爱"簇拥，你被那么多遍地赞诵，但你渐行渐远难近分厘。

和平，只要想到你，无论汉语阿文，一个词便唤起无限怅惘，催得人在心底落泪！啊，和平，我听见你在遥遥的彼岸运行，你总被呼唤，但永不到来！

也许就是因此，人类才把"和平"当做了信仰……

如今印刷术无所不能。一页之上双语同印，已不是奢望。原以为改定版《心灵史》能一锤定音，其实那只是新开了个头。此刻，未完的笔记带着改不干净的错，印在这里，督促我白发攻坚，投身新的学习。

تَعَالوا بنَا نَصْطَلِح
فِبَابُ الرضَا قد فُتِح

快来吧,让我们结为友好

确实,喜爱之门已经开启

و دَاوُوا الْفُوَادَ الذى
بسَيْفِ الْهَوَى قد جُرح

请你来医治这颗心吧

它已被私欲之剑刺伤

اَيَا مُدعِى حبنَا
دَع الروحَ ثُمَّ انْطرح

啊,请宣布对我的爱吧(?)

唤回灵魂,再以身相投(?)

قد تَعَلَقْ بَاهْل الْهَوَى
و قُل لِلعَدُول اِسْتَرح

我已身在爱慕者的行列(我已找到美丽的爱人)

你且下令让诽谤者住口

و شَوقِى لكُم مَا انْقضَى
وحُبّى لكُمْ مَا بَرح

我对你的热恋,无有终止

我对你的深爱,永不改变

وكَمْ لامَنِى لائمٌ
و مَا بِسُلْوى فرح

可叹有多少责难，曾对我横加指斥

我虽以忘却待之，他们却一味纠缠

أما تَرحَمُوا باكِيًا
إذا ضَحِكَ المُنْشَرح

你不悲悯哭泣的人么

当得意者欢笑的时候

فيَا سَعَدَ مَن حَبّكُمْ
فِى العَاقِبَةِ قدْ رَبح

那些爱你的人多么幸福啊

的确，他们将在最终收获

تَرَنّم بِذِكرِ النَّبِىّ
و غَرّدْ بِهِ ثُمّ صِحْ

你不禁吟诵起了赞美的辞句

那么呼喊吧，以激昂的高声

ألا يَا نَبِىّ الهُدَى
اغِثْ مَن بِذِكرِكَ يُلِح

哦,正道之上的先驱哟

援助总在思念你的人吧

وَصَلِّ عَلى المُصطَفَى
خِتَامِى وَ مَنْ إذا افْتَتَح

让我们赞美——那被人民选择的人

在我已结束——他却刚开始的时候

2015 年 11 月 19 日再改